辨图破案大侦探

抽丝剥茧　侦破案情真相
千头万绪　辨析真话谎言

亡灵的报复

赵帅通◎编著

上海科学普及出版社

图书在版编目（CIP）数据

亡灵的报复 / 赵帅通编著 . —上海：上海科学普及出版社，2015.6（2021.11重印）

（辨图破案大侦探）

ISBN 978-7-5427-6374-7

Ⅰ . ①亡… Ⅱ . ①赵… Ⅲ . ①故事 – 作品集 – 中国 – 当代 Ⅳ . ① I247.8

中国版本图书馆 CIP 数据核字 (2015) 第 014872 号

责任编辑：忻　玮　李　蕾

辨图破案大侦探

亡灵的报复

赵帅通　编著

上海科学普及出版社发行

（上海中山北路 832 号 邮编 200070）

http://www.pspsh.com

各地新华书店经销　天津融正印刷有限公司印刷

开本：787×1092　1/16　印张：8　字数：120 000

2015 年 6 月第 1 版　2021 年 11 月第 2 次印刷

ISBN 978-7-5427-6374-7　定价：29.80 元

目 录

1. 亡灵的报复……1
2. "蜘蛛网"城堡……6
3. 麦克的疏漏……9
4. 飞出窗外的手枪……12
5. 墙上的血手印……14
6. 笨蛋杀手……16
7. 艾文的发现……18
8. 越狱者的秘密……21
9. 磨坊的位置……24
10. 布朗先生的判断……27
11. 左侧的弹孔……29
12. 劳伦斯的如意算盘……32
13. 辛普森太太谋杀案……36
14. 夺命浴缸……39
15. 狡猾的基德……42
16. 伪造的遗书……45
17. 基德逃跑了……47

18. 大象牙齿清洁器 …… 51
19. 救命的指南针 …… 54
20. 嘘！被害人来了 …… 57
21. 大学生公寓谋杀案 …… 59
22. 被盗的猫眼石 …… 62
23. 即将退休的警察 …… 65

Pour Ma

24. 跳崖的失败者 …… 68
25. 谁是偷表贼 …… 71
26. 伯明翰旅行团 …… 74
27. 偷钻石的“专家” …… 77
28. 火车经过之时 …… 80
29. 鸵鸟之死 …… 83
30. 寻找毒品 …… 86

31. 马路中央的救护车 …… 89
32. 伯顿夫人 …… 92
33. 古老的壁画 …… 95
34. 人名杀人事件 …… 98
35. 清晰的指纹 …… 101
36. 撒哈拉沙漠的尸体 …… 104
37. 皮特的谎言 …… 107
38. 哭泣的小丑 …… 109
39. 蓝宝石的秘密 …… 112
40. 绿色小鸟 …… 115
41. 狼藉的书房 …… 118
42. 巧克力的秘密 …… 121

艾文

八岁，读小学三年级，常为自己的爸爸是私家侦探而感到万分自豪。艾文脑袋瓜活络，活泼好动，善于思考。虽然常常闯祸，但总能凭借自己的小聪明而免于爸爸的责备。

克莱尔

八岁，读小学三年级，艾文的同学、邻居兼好朋友。她自诩比艾文更有侦探天赋，但事实上胆小娇气，对艾文很是依赖。

布朗先生

伦敦市颇有名气的私家侦探，艾文最敬爱的爸爸。他沉默寡言，富有破案经验，擅长从一些常人不易觉察的蛛丝马迹中发现破案的关键线索，让很多坏人闻风丧胆。

威狼

一只受过严格训练的狗，时常在各个凶杀现场客串演出，威风凛凛，面相凶猛，可惜品种不详，是艾文和克莱尔的好玩伴。

1. 亡灵的报复

布朗先生有一个特别喜欢文学的朋友得文，他打来电话邀请布朗先生去参加一个酒会。

“我姐姐维奥拉很迷信。两天前，她邀请了一位黑巫师，说是要为一个月前去世的丈夫招魂。”得文说。

“什么招魂术，都是骗人的，她怎么会相信这种骗人的把戏呢？”

“因为我姐姐维奥拉怀疑她的丈夫不是意外死亡，而是被人谋杀，所以，她想借助黑巫师的力量来了解真相，而那个黑巫师需要五个人才可以施展招魂术。”

“哦，可是这种奇怪地场合，为什么要叫上我呢？”

“是想请布朗先生做公证人，这不是一个很好的机会吗？”

两天后，布朗先生来到一栋豪华的别墅，客厅的沙发上已经坐着几个人了。一个戴着斗篷的长相奇怪的男人、一个黑眼圈的女人、一个年轻的男人，当然还有得文。

“这位是梅林法师，精通黑巫术。”得文向布朗先生介绍那个黑巫师。黑眼圈的女人就是维奥拉，那个年轻的男人是她丈夫的好朋友诺顿。

“夫人，人都到齐了，开始吧！”梅林用沙哑的声音说道。

维奥拉点点头把在场的所有人都带到了隔壁的房间。梅林点燃了圆桌子上的蜡烛，熄灭了电灯，并向大家说道：“找一个自己喜欢的位置坐下吧。”

所有的人都坐下了之后，梅林将红葡萄酒分别倒入每个人面前的杯子里。“红葡萄酒代表人的血液，当亡灵闻到新鲜的血液后，就会听从我的召唤回到现世来。来，请大家为亡者的灵魂举杯。不过先不要喝，将酒杯还放回原处。”

在昏黄的灯光下，酒液竟真的像殷红的鲜血一般，众人都表现出害怕的样子，举了一下便放下了。布朗先生在放下酒杯时，不小心洒出了一点，落到了洁白的桌布上。

“那么请大家拉上两旁人的手，都要握紧，不管发生什么事情，也不可以松开。现在请静静地闭上眼睛……”说完，梅林也闭上眼睛，严肃而有节奏地吟唱了起来……

“好了，请大家张开眼睛，饮下此酒！”梅林结束了第一段吟唱，他睁开眼，一口气喝完了面前的那杯酒，大家虽然不情愿，但也都多多少少喝了一点。随后，他又让大家闭上眼，握住身旁人的手，继续第二段诡异的吟唱。

“我受够了，我要回去……”诺顿突然甩开了布朗先生的手说，可一句话还没有说完，他便倒在地板上抽搐了起来。得文急忙按了一下墙上的开关，房间亮了起来。

“赶快叫救护车……”得文大喊道。

“不用了，已经晚了。杀害我丈夫的就是他，他得到了亡灵的报复！”维奥拉冷静地说。

“不，是氰酸钾中毒，毒物可能被掺在了酒里。”布朗先生闻了闻诺顿的酒杯，断然地说：“一定有人，在大家闭上眼睛的时候动了手脚。”

“你别胡说，这葡萄酒大家都是一样的，座位也是大家自己挑选的，不可能有人把毒放在他的杯子里。”梅林提出抗议，“并且大家的手都是握着的，也没有机会投毒啊。”

忽然，布朗先生说道：“不要说了，我已经知道凶手是谁了，可能还有从犯。”

布朗先生看出了什么？

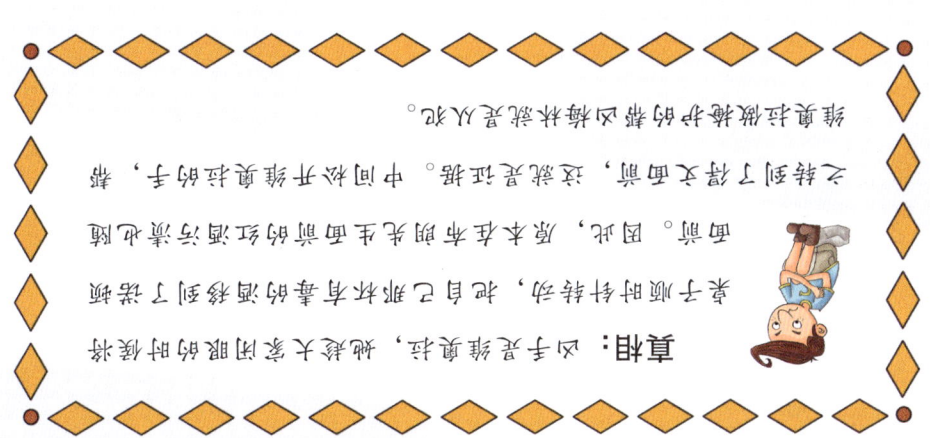

真相：凶手是维奥拉，她趁大家闭眼的时候将桌子顺时针转动，把自己那杯有毒的酒移到了诺顿面前。因此，原本在布朗先生面前的红酒污渍也随之转到了得文面前，这就是证据。中间松开维奥拉的手，帮维奥拉做掩护的帮凶梅林就是从犯。

2.“蜘蛛网”城堡

克莱尔的远房亲戚哈尔先生是一个富翁，他拥有一座城堡。但他没有亲人，朋友也不多，并且脾气有点暴躁。城堡的外墙上，爬满了爬山虎，冬天叶子落得光秃秃的时候，看上去就像一张巨大的蜘蛛网，克莱尔私下里给这座城堡取了个名字，叫作“蜘蛛网”城堡。

虽然哈尔先生家产丰厚，但不久前他中风了，落下了半身不遂的毛病。然而他有着顽强的意志，看起来，他似乎仍然可以再活二十年。

但是，不幸再次发生——他被勒死在自己的客厅里。法医鉴定，他的死亡时间是下午二点钟左右。因为这时很多人在睡午觉，所以邻近房间里的佣人都

没有听到任何声音。前来办案的警察也没有找到作案工具，聪明的克莱尔趁警察四处走访的空当，仔细地观察了住在这座城堡里的人。克莱尔看到了忙碌的厨师、健壮的保镖、站在一旁随时待命的秘书和佣人，以及在马厩里悠闲地抽烟的马夫，马儿则懒洋洋地吃着青草，一派世外桃源的安逸景象。

克莱尔仔细询问了周围的人，得知这些人都没有与死者发生过冲突。而且，她还得知，哈尔先生早在遇害前就立下了遗嘱，将他的财产分给所有为他工作的人。这就意味着每个人都能从哈尔的死亡中获益，因此更难找出凶手。

究竟是谁杀了哈尔呢？你能帮助克莱尔解答这个问题吗？

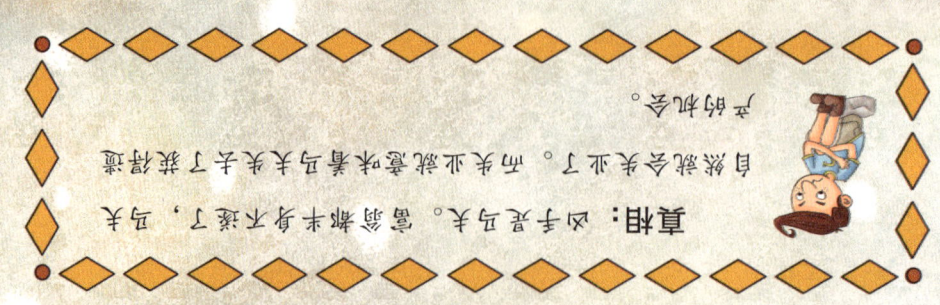

真相：凶手是马夫。雷诺都半身不遂了，马夫自然就会失业了。而失业就意味着马夫失去了获得遗产的机会。

3. 麦克的疏漏

这天，艾文和克莱尔在面馆里吃饭，邻桌坐了两个人，听他俩的谈话得知他们是警察，他们正在讨论一起刚刚被侦破的案件。

麦克游手好闲，并且喜欢赌博，所以经常借外债，后来债主催他还钱，他就躲了起来。

这天夜里，刚吃过晚饭，麦克在客厅里看电视，门铃忽然响了。麦克打开门，讨债人戴维斯气势汹汹地站在门口，麦克连忙赔着笑，说道："戴维斯，我最近手头紧，要不请再宽限几天，我有钱了立即还您。"

但是戴维斯不买账，他一边嚼着口香糖，一边说："今天必须还钱！"

麦克一边忙不迭地讨好戴维斯，请他进屋，一边趁他不注意，拿起门后的铁棍往他的头上砸去。

戴维斯死了，麦克连夜将他的尸体搬到没有人的地方，并迅速清理了现场。

第二天上午，警察找到了麦克。

"昨天晚上戴维斯来过你这里吗？今天，有人报案说他死了，根据我们的调查，你欠他不少钱，在他的口袋里有张字条，

上面写着你家的地址。在现场，我们发现他的尸体有被人移动过的痕迹。”

“没有，我们已经很久没有联系了。”

警察一边询问，一边在房间里巡视，还拿出一块口香糖递给麦克：“给，别紧张。”

麦克摆摆手，说：“我从不吃这种东西。”

案情讲到这里，其中一个警察说：“这时我就确定他有重大嫌疑，你看，这是我们拍的现场照片。”

克莱尔非常好奇，站起来问警察可不可以让她看看照片，艾文也凑了过来。

不一会儿，他俩就知道警察是怎么发现破绽的了，你看出来了吗？

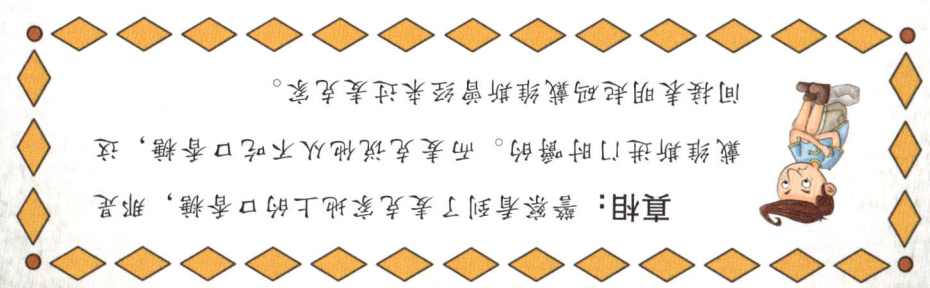

真相：警察看到了麦克家地上的口香糖，那是戴维斯进门时嚼的。而麦克说他从不吃口香糖，这间接表明起码戴维斯曾经来过麦克家。

4. 飞出窗外的手枪

艾文和克莱尔常常要比个高下。这天，艾文给克莱尔出了一道难题：一位富商神秘失踪两天后，女佣在郊外的海滨别墅发现了他的尸体。接着，艾文拿给克莱尔一张现场照片。

富商死于胸部受到枪击，但在现场没有发现任何凶器，室内的保险箱则被打开，里面空无一物，警方将其列为抢劫谋杀案处理。警察细心搜查后，发现室内找不到其他人进来的痕迹。但在富豪床边窗户附近的桌台上，有一支燃尽的蜡烛，蜡烛下面有一根烧焦的橡皮筋。案发当晚并没停电，这位富商为什么不开灯呢？后来在楼下靠窗的水池中发现了一把手枪，经检验，那正是打死富商的凶器，从这些情况来看，他似乎又是自杀，但他是用什么方法自杀的？手枪又是怎么飞出窗外的呢？

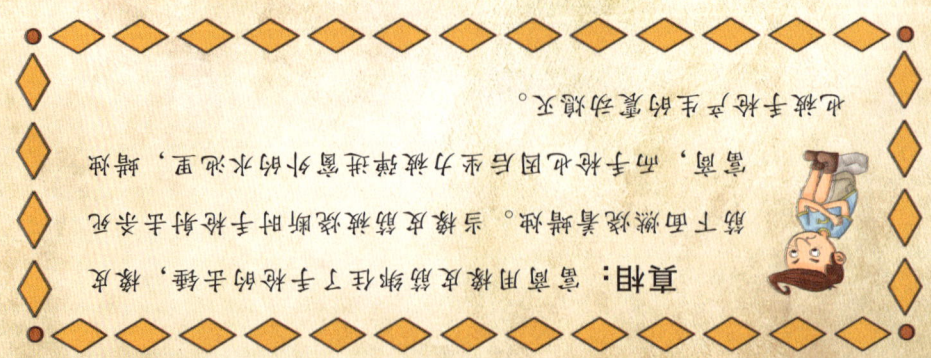

真相：富商用橡皮筋绑住了手枪的击锤，橡皮筋下面燃烧着蜡烛。当橡皮筋被烧断时手枪射击杀死富商，而手枪也因后坐力被弹进窗外的水池里，蜡烛也被手枪产生的震动熄灭。

5. 墙上的血手印

一间公寓里发生了凶杀案，一个画家在卧室里被人用刀刺死了。布朗先生正带着艾文和克莱尔在动物园游玩，接到电话后他们立刻赶到了现场。

艾文和克莱尔很兴奋，但是布朗先生交代他们不能乱走动，否则有可能破坏现场，给侦破工作带来麻烦。

两人乖乖地站在布朗先生身边，卧室的墙壁上印着一个鲜红的手印，看起来是凶手逃跑时，不小心把沾满鲜血的右手按到了墙壁上，办案的警官正在小心地收集上面的指纹。

布朗先生一直不吭声，克莱尔很着急："布朗先生，咱们不四处看看，怎么办案？"

布朗先生笑着说："我在看这个血手印呢，你们看这个手印有什么问题吗？"

他又对那个警官说："你还是看看有没有其他线索吧！"

那个警官依旧小心翼翼地做着自己的工作，头也不抬地说："这些指纹难道不是重要的线索吗？"

布朗先生耸了耸肩说："但这个血手印很可能是罪犯伪造的，目的就是要误导你们。"

那个警官转过脸，好奇地问："你是怎么知道的？"

布朗先生转身问艾文和克莱尔："你们看出来了吗？"

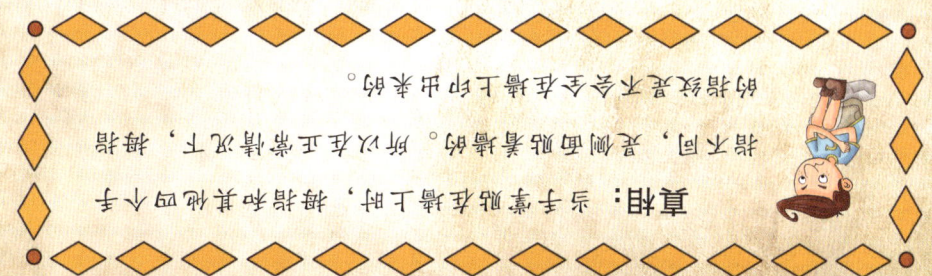

真相：当手掌贴在墙上时，拇指和其他四个手指不同，是侧面贴着墙的。所以在正常情况下，拇指的指纹是不会全在墙上印出来的。

6. 笨蛋杀手

一天深夜，一个蒙面杀手持枪闯进了布朗先生的办公室，准备干掉他。杀手一边瞄准布朗先生，一边说道："对不起，大侦探，你的末日到了！"然而，布朗先生端着酒杯，镇定自若，还向杀手打听谁是雇主，他愿意出三倍的价钱雇这个杀手。

杀手一听，有点动心。

布朗先生见杀手有点犹豫的神情，便倒了一杯酒，端到他面前，带有几分讥讽地继续说道："怎么样，不喝一杯？是不是喝下去你的手就拿不稳枪了？"杀手不敢掉以轻心，右手继续举着枪对准布朗先生，伸出左手接过酒杯，一仰脖子喝了下去，接着急切地问布朗先生是否真的有那么多的钱。布朗先生指着桌子后面的保险柜说："那个保险柜里有的是。"为了使杀手放心，布朗先生一只手端着酒杯，另一只手打开保险柜，拿出一个鼓鼓囊囊的信封放在桌子上。

就在杀手把手伸向信封的一瞬间，布朗先生飞快地把杀手用过的酒杯和保险柜的钥匙都放进保险柜里，迅速地关上柜门，并拨乱了数字盘。杀手见状，立刻把枪口对准了布朗先生。布朗先生微微一笑："开枪吧，杀了我，你也不可能逃掉的。"

你知道这是怎么回事吗？

真相：布朗先生将杀手用过的酒杯锁进了保险柜，在那个玻璃杯上，留有杀手的唾液和左手的指纹。

7. 艾文的发现

一顶中世纪时期的皇冠在欧洲某国家博物馆展出，这顶皇冠是博物馆的重点保护对象，设有专人严加看护，可皇冠上的特大号钻石还是被盗了。

令人奇怪的是，报警器没有响，皇冠展橱和馆内所有的门窗都完好无损。博物馆的警卫向前来调查此事的布朗先生做了简单的汇报。

皇冠展橱是一个精致而坚固的透明玻璃罩，它的基部交接处有一个对位孔，窄小得只能容一只小老鼠通过。跟随爸爸而来的艾文在展橱旁边细细观察，忽然，他眼睛一亮，终于发现了重大线索。

第二天，他告诉爸爸他有办法抓住盗贼，并说出了自己的想法。布朗先生听后立即在报纸上刊登一则消息：“盗窃皇冠钻石

的罪犯现已被捕，正在审讯中。”同时还登出了一张盗贼的相片。

过了半个月后，布朗先生又用别的名字在报上刊登出一则启事：“本人因不慎将一块瑞士高级金表滑落至25层楼的下水道中，现寻找高手帮忙，希望能在不损坏建筑的情况下把表取出来，本人将以重金酬谢。”

启事登出去几天后，助手向他汇报说有一个医生模样的人训练了一只灵巧的小白鼠，可以担此重任。布朗先生高兴地叫道：“好！马上逮捕他，他就是盗窃钻石的罪犯。”

艾文和布朗先生是如何让罪犯自投罗网的呢？

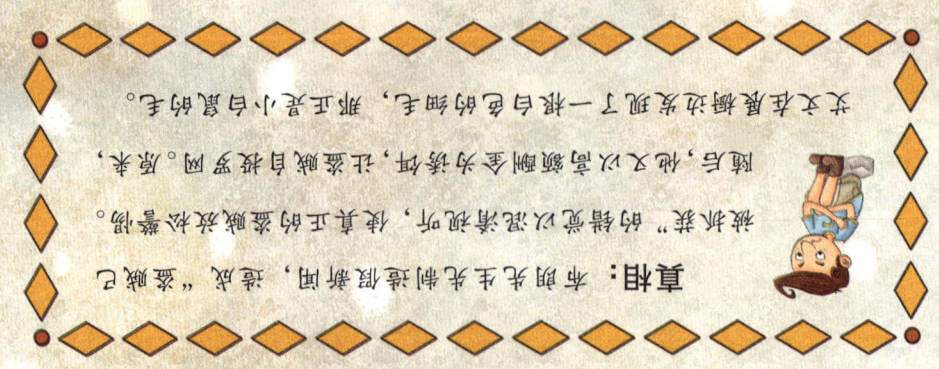

真相： 布朗先生先制造假新闻，造成“盗贼已被抓获”的错觉以混淆视听，使真正的盗贼放松警惕。随后，他又以高额酬金为诱饵，让盗贼自投罗网。原来，艾文在展橱边发现了一根白色的细毛，那正是小白鼠的毛。

8. 越狱者的秘密

斯密特曾经因为抢劫，被判了十年徒刑。刑满释放以后，他仍然贼性不改。一天晚上，他来到一家珠宝店，装扮成买首饰的顾客，用枪逼着老板把店里的钱和金银珠宝都放进他的皮箱，然后连夜逃到了纽约。

第二天早上，他买了一张晨报，发现上面有珠宝店被抢的消息，还有警方的悬赏通缉令，旁边印有他的照片。他骂了一声："警察的行动这么快，真是见鬼了！"他吓出了一身冷汗，连忙用报纸遮住脸，躲进车站的厕所里。

但是，老是这么躲着也不是办法呀。怎样才能不让别人发现

呢？忽然，他看到报纸的一角有一则整容医院的广告，于是便想出了一个绝妙的主意。

他根据广告上的地址，找到了那家整容医院，要求整容。医生放下手中的报纸，问他：“您想整成怎样的相貌呢？”他拿出一大笔钱，悄悄地对医生说：“随便你整成什么模样，只要整得连我自己也不认识自己，这笔钱就都归你了！”

医生愣了一下，看了看钱，便答应了下来。

医生给斯密特打了麻醉针，然后用了足足五个小时，精心做了整容手术。

几天后，医生为斯密特卸下纱布。斯密特忍住痛，对着镜子一瞧，高兴地叫起来：“哈哈！真的是一个陌生人啦！”

斯密特得意忘形地在大街上晃来晃去，一想到别人无法认出他了，他就一阵窃喜。瞧，远处来了两个警察，“反正他们不认识我。”斯密特大模大样地走过去，还朝他们点了点头。

谁知道，两个警察像是早有准备一般，迅速扑上去按住了斯密特。他又一次被捕了。

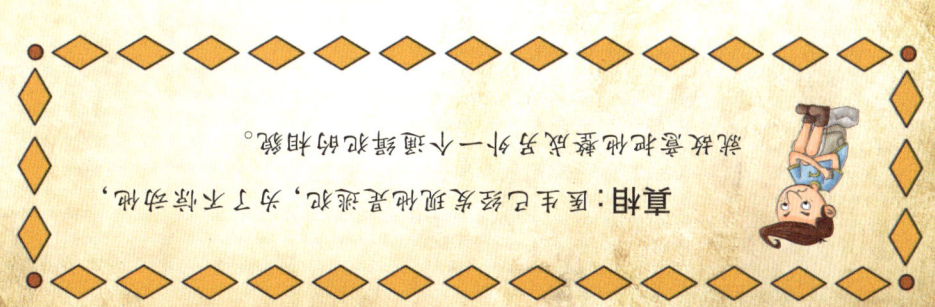

真相：医生已经发现他是逃犯，为了不惊动他，就故意把他整成另外一个通缉犯的相貌。

9. 磨坊的位置

布朗先生正在为一个棘手的推理故事绞尽脑汁，他看到艾文在旁边看电视，便说道："如果你猜得出这个推理故事的答案，爸爸明天就带你去动物园。"

这个推理故事是这样的：

2005年6月中旬，一艘豪华邮轮从西班牙的一个港口驶出，目的地是美国的某港口。

邮轮很快就驶进了大西洋，就在这时，三艘海盗船将邮轮团团围住。海盗们洗劫了邮轮，并将轮船上所有游客的钱财洗劫一空。可未等海盗们撤退，多艘海上巡逻艇就将他们包围了。海盗纷纷跳海逃命。

有两名跳海的海盗侥幸逃上了一个名叫"说谎岛"的岛屿，躲到了岛上的一个磨坊里。

"说谎岛"不大，居住着两个土著部族——甲族和乙族。一个部族绝对说真话，另一个部族绝对说假话。

追踪而来的巡逻人员对这里的情况非常了解，而且他们也非

北
西
小岛
东
南

常准确地判定海盗是躲在磨坊里。但他们有两点分不清楚：其一，到底是甲族还是乙族说真话；其二，磨坊到底是在东头还是西头。在这座风俗奇特的小岛上，岛外人不把情况问清楚是不能贸然行动的，否则会遇上意想不到的麻烦。

正在为难之际，巡逻人员看到有几个土著居民从小路上走来，从衣着打扮可以判断出他们是甲族的。大家想向他们打听磨坊的位置，他们说，乙族人说磨坊在岛的东头。

艾文根据甲族人的话很快推出了磨坊的位置。你知道艾文是如何推理的吗？

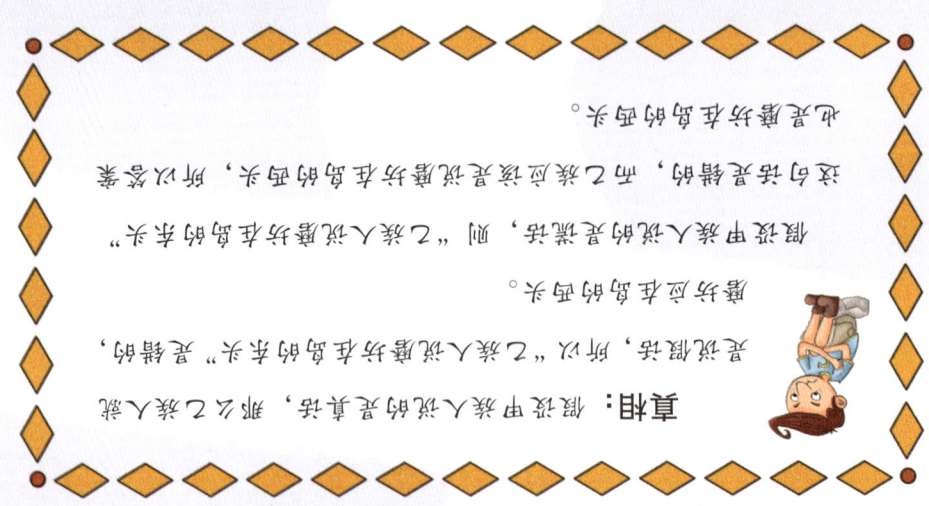

真相： 假设甲族人说的是真话，那么乙族人就是说假话，所以"乙族人说磨坊在岛的东头"是错的，磨坊应在岛的西头。

假设甲族人说的是谎话，则"乙族人说磨坊在岛的东头"这句话是错的，而乙族应该是说磨坊在岛的西头，所以答案也是磨坊在岛的西头。

10. 布朗先生的判断

夏日的一个夜晚，百万富翁威尔森先生死在他的书房里。只见他右手握着手枪，一颗子弹击中头部，人倒在地毯上。桌上摆着一台电扇和一封遗书。遗书说因丧偶后难耐孤独而自杀。从现场以及遗书来看，威尔森显然是自杀。大家都知道威尔森先生很爱他的妻子，妻子生前几乎与他寸步不离，他们俩每天早上都要去公园散步、打羽毛球。一年前威尔森先生的妻子遇车祸意外死亡，这给威尔森先生带来了巨大的打击。他经常独自一人去妻子墓前表达哀思，喃喃自语。

布朗先生赶到现场进行调查，艾文也在旁边。现场一片狼藉，布朗先生将风扇的插头插上，风扇转了起来。

布朗先生弯腰捡拾起地上的遗书，心里已经有谱了："这不是自杀，是他杀！凶手在杀害威尔森先生后，将伪造的遗书放到桌面上，然后逃离了现场。"

你知道布朗先生为何如此判断吗？

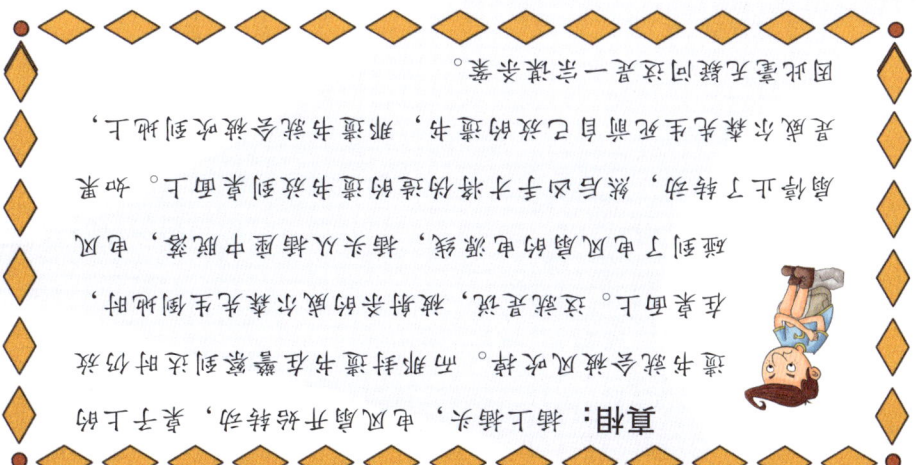

真相：插上插头，电风扇开始转动，桌子上的遗书就会被风吹掉。而那封遗书在警察到达时仍放在桌面上。这就是说，被射杀的威尔森先生倒地时，碰到了电风扇的电源线，插头从插座中脱落，电风扇停止了转动，然后凶手才将伪造的遗书放到桌面上。如果是威尔森先生死前自己放的遗书，那遗书就会被吹到地上，因此毫无疑问这是一宗谋杀案。

遗书

11. 左侧的弹孔

夜深人静之时，白天熙熙攘攘的林肯大街此时格外冷清，偶尔有几只流浪的小野猫在垃圾箱边窜来窜去，寻找果腹的食物。大街靠近高速公路的拐角处有一个加油站，加油站的对面，一家小酒吧还亮着灯。高速公路上来来往往的汽车都到加油站来加油，司机和旅客也都喜欢在小酒吧里喝上两杯，歇歇脚，所以，小酒吧的生意还不错。可是，就在这个时候，小酒吧里发生了一起命案！

布朗先生接到报案，带着艾文和威狼马上赶到了现场。

布朗先生询问了开枪的人——比克，他是这家小酒吧的老板。看到布朗先生过来，比克脸色苍白，语无伦次地回答着布朗先生的询问。比克说："我这里的老板，南来北往的，什么人都有，背景十分复杂，一些流氓经常来这里捣乱，为了防止坏人抢劫，我准备了一把手枪，这是在警察局备过案的。"布朗先生说："这些我都知道，你就说为什么开枪杀人吧。"

比克点点头，继续说：“就在十分钟前，酒吧里只剩下一个顾客，趴在桌子上一动不动，我以为他喝醉了，就跑过去问他是不是不舒服，谁知道他一下子蹦起来，举起一把尖刀，要我把钱箱交给他！我急忙逃回柜台，拿出那把防身的手枪，看他举着尖刀迎面扑上来，我无路可逃，只好开枪，我这是正当防卫啊！”

艾文听完以后，说道：“比克先生，你编的谎话里忘了一个细节！”

是哪一个细节，使艾文发现比克在撒谎呢？

真相：如果男子是正面扑上来的，枪弹不可能从他的左耳后射入，更不可能死在餐桌上，显然这是一个拙劣的谎言。

12. 劳伦斯的如意算盘 

一天上午，一幢大厦的管理员跌跌撞撞地跑进布朗侦探所报案：著名女作家琼斯是小区里的一个住户，今天他到琼斯家门口收拾垃圾，发现从琼斯家的房子里散发出一股难闻的煤气味。他赶忙敲门，可是无论他怎么使劲地敲，里面还是一点儿声音也没有。

布朗先生带着艾文和克莱尔跟随管理员来到琼斯家，撬开房门后，他们看到如下场景：

琼斯倒在书房地板上，浓浓的煤气味充斥着整个房间。经法医鉴定，确认琼斯是因为煤气中毒身亡的，死亡时间大约是在凌晨一点到三点之间，琼斯身上没有任何的伤痕，门窗上也没有发现被撬过的痕迹。看来，这似乎是一场意外，煤气“杀手”夺走了一条生命。

布朗让艾文拿出记录本，问道："昨天晚上有谁来找过琼斯吗？"

"有一个男人经常来找她，好像是她的经纪人，在登记簿上登记的名字叫劳伦斯。"管理员回忆说。

艾文记录下这个人，既然他是唯一接触过死者的人，那么他必然有重大的嫌疑。

管理员接着说道："这个劳伦斯先生应该不会是凶手。"

布朗先生问道："你为什么这么说呢？"

管理员拿出登记簿翻给布朗先生看，说："你看，他是晚上八点来的，十点的时候就离开了，还是琼斯小姐亲自送他下的楼，然后琼斯小姐就上楼去了。打那以后，就再也没人来过。"

这么说，还真的不是他？布朗先生听了管理员的分析，也觉得管理员的分析是正确的，死者死亡的时间是凌晨，这个时候劳伦斯早就离开了。随后也有调查表明，劳伦斯从琼斯家离开以后，就去参加了一个朋友的通宵派对，有很多人可以证明他整晚都没有离开过。

"快来看！这是什么？"一个警察从沙发后面拖出来一样东西，大家围拢过去，发现是一只灰色的波斯猫。这只胖乎乎的波斯猫也由于煤气中毒死去了，可令人觉得奇怪的是，它的尾巴尖上绑着一个棉花团。

"看，煤气管这里有个破洞！"又一个警察说，只见在塑胶煤气管靠近地面的地方，有一个破裂的口子，看上去似乎是被故意剪开的。

“奇怪了，这个琼斯小姐还真是让人搞不懂。”克莱尔说，“你看看，这好好的一只猫，为什么要绑个棉花团在尾巴上？而且，煤气管破了那么大的一个洞，应该早就发现了啊。”

布朗先生看着煤气管上奇怪的裂口和那只倒霉的胖猫，认真地琢磨究竟是怎么回事。忽然，艾文叫了起来，拍着手说：“我明白了，这罪犯真聪明！赶快逮捕劳伦斯，他就是凶手！”

艾文为什么说劳伦斯是凶手呢？

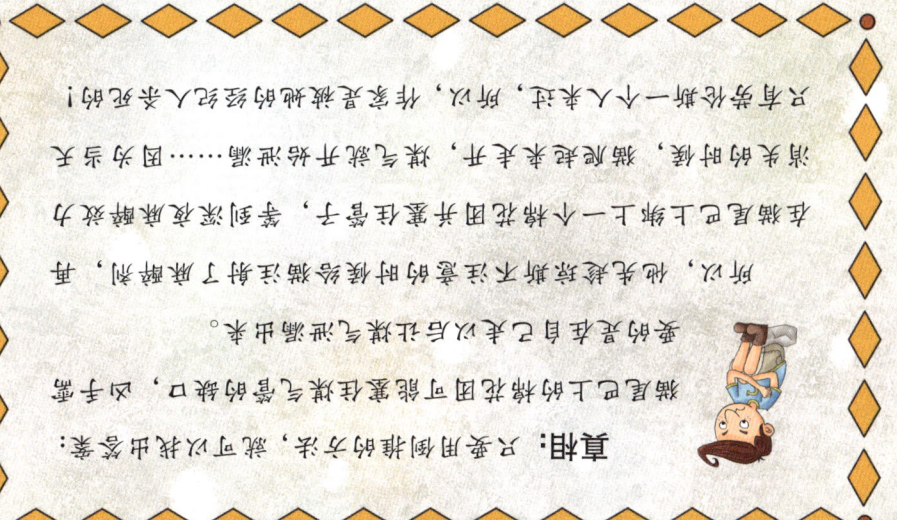

真相：只要用倒推的方法，就可以找出答案：猫尾巴上的棉花团可能塞住煤气管的缺口，凶手需要的是在自己走以后让煤气泄漏出来。

所以，他先趁琼斯不注意的时候给猫注射了麻醉剂，再在猫尾巴上绑上一个棉花团并塞住管子，等到深夜麻醉效力消失的时候，猫爬起来走开，煤气就开始泄漏……因为当天只有劳伦斯一个人来过，所以，作家是被她的经纪人杀死的！

13. 辛普森太太谋杀案

一天上午，艾文和克莱尔一同坐车去看望住在郊区别墅里的辛普森太太。作为医生的辛普森太太是一个令人尊敬的老人，她行医期间挽救了许多患小儿麻痹症的孩子的生命，因此，人们称她为“爱心天使”。她退休以后，便在郊区的别墅住了下来。

转眼间，艾文和克莱尔来到了辛普森太太繁花似锦、碧草如茵的小院子里。克莱尔忽然对艾文说：“辛普森太太最近的身体似乎不太好啊，你看，墙边的花有段时间没有修剪了。”

艾文和克莱尔在门外等了很长的时间，可是屋子里一点儿声音也没有。这下，艾文担心起来，他皱着眉头喃喃自语：“该不会出什么事吧？我们还是进去看看……”

艾文轻轻一推，门就开了，原来门没有锁，只是虚掩上了。两人小心地沿着铺满花草的小径向前搜寻，穿过花园，走进别墅，终于在一楼餐厅里发现了辛普森太太的尸体。

她是在用餐的时候突然遭到袭击，有人用一把尖刀贯穿她的胸口，瞬间夺去了她的生命。随后，凶手洗劫了整栋别墅，他撬开了所有抽屉，带走了所有值钱的物品。

“怎么会这样？”克莱尔吓得躲在艾文背后，过了很长时间才缓过神来。

milk

“报警吧。”克莱尔心情沉重地坐在辛普森太太对面，回忆着这个勇敢而仁慈的女士的音容笑貌。

“我们还是出去等吧。我已经打电话告诉爸爸了。”艾文对克莱尔说，“免得警察来的时候又要为清除我们的脚印、指纹伤脑筋。”

两人伤感而悲痛地坐在别墅前的台阶上，看着送来的报纸堆满了整个台阶，订阅它们的人却永远不会再读了。别墅的台阶上还放着一瓶早已过期的牛奶，也是辛普森太太订购的。

艾文看着散乱的报纸和牛奶瓶，猛然间明白了一些东西，他拉住克莱尔的手说：“我知道谁是凶手了！这只需要思考 5 秒钟！”

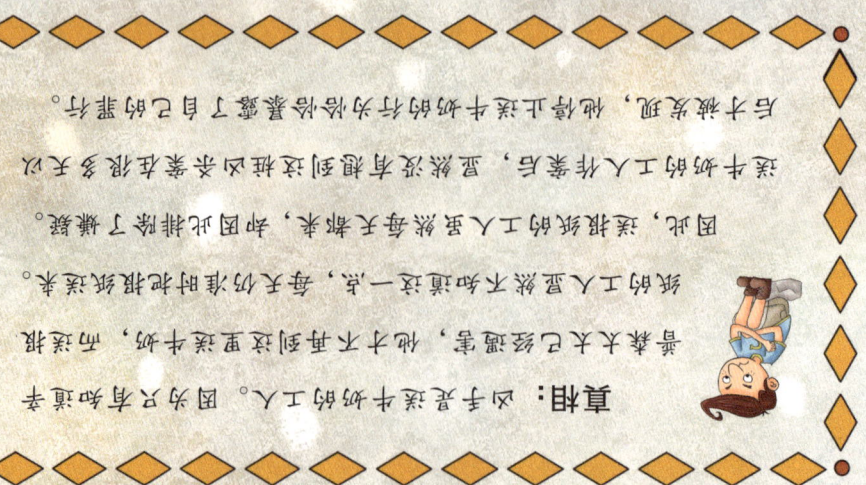

真相：凶手是送牛奶的工人。因为只有知道辛普森太太已经遇害，他才不再到这里送牛奶，而送报纸的工人显然不知道这一点，每天仍准时把报纸送来。因此，送报纸的工人虽然每天都来，却因此排除了嫌疑。送牛奶的工人作案后，显然没有想到这桩凶杀案在很多天以后才被发现，他停止送牛奶的行为恰恰暴露了自己的罪行。

14. 夺命浴缸

大富豪布莱克先生有一幢能看见海景的豪宅，这天，布朗先生带着艾文去布莱克先生家。路上，布朗先生给布莱克先生打了电话，告诉他大约半个小时后到。

半小时后，布朗父子准时到达，可在布置奢华的客厅里等了五分钟左右，还不见布莱克先生出现。

这时仆人特里迟疑地说："布莱克先生进去洗澡已经半个多小时了，会不会……"

布朗先生撞开浴室的门，发现布莱克先生泡在浴缸里，已经去世了。从初步检查的结果来看，他是溺水死亡的。死亡时间大概是在三十分钟前。

警察赶到后做了进一步分析，发现布莱克先生竟然是被海水溺死的！他的肺部积有大量海水，却没有淡水；同时，整个下午只有仆人特里一个人在家，没有其他人来过。

布朗先生对警察说：“抓住特里，只有他有作案时间，他就是凶手！”

特里拼命地摇头为自己辩解：“不是我，真的不是我！你打电话过来的时候布莱克先生还接了电话呢，从那时到现在只有半个多小时，可是从这里到海边却要一个小时，我就是坐飞机也来不及啊！依我看，一定是宅子里出现了海鬼，它在浴缸里杀死了布莱克先生！”

艾文仔细地查看了浴缸，发现经过一段时间的沉淀后，浴缸边上多出了一些细小的白色粉末。他说：“我知道了。”

布朗先生这时也哈哈一笑对特里说：“少来了，你那点雕虫小技还能瞒过我们？你就是凶手！”

特里是怎么在三十分钟内完成“不可能的任务”的呢？

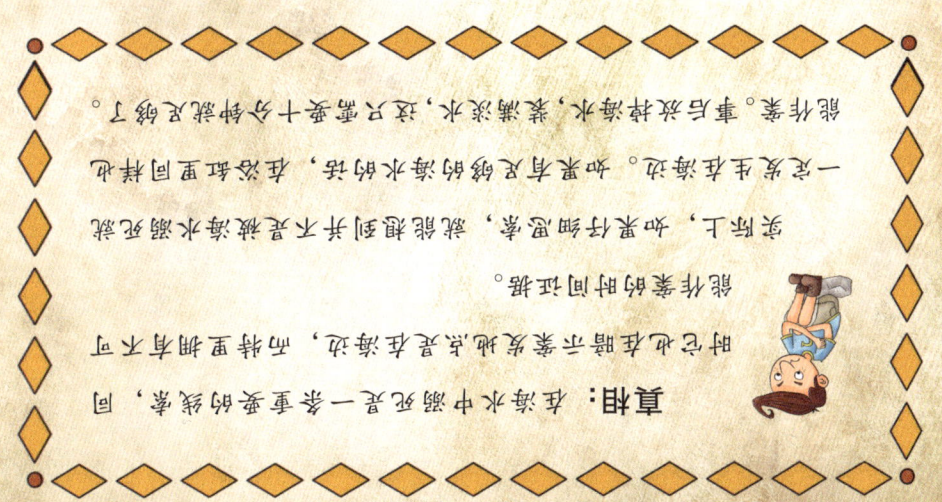

真相：在海水中溺死是一条重要的线索，同时它也在暗示案发地点是在海边，而特里拥有不可能作案的时间证据。

实际上，如果仔细思索，就能想到并不是被海水溺死就一定发生在海边。如果有足够的海水的话，在浴缸里同样也能作案。事后放掉海水，装满淡水，这只需要十分钟就足够了。

15. 狡猾的基德

布朗先生是个著名的侦探，破案无数，但是，也并不是没有漏网之鱼，臭名昭著的珠宝大盗基德，是目前布朗先生遇见的盗贼中最狡猾的一个，有好几次他都从布朗先生手里逃脱了。基德最近很猖狂，连连作案，手段高明，显然是经过精心谋划的，布朗先生决心时刻警惕，严阵以待，等基德再次出现的时候绝不能让他再跑了。

这天，布朗先生正在一家珠宝店跟店员讲解注意事项以及基德惯用的一些作案方法。忽然，布朗先生眼前一亮，他透过珠宝店的玻璃窗看到店外的一个身影很像基德。布朗先生一下跳起来，迅速向那人跑去，那人一看，转身便跑。

基德围着马丁教堂绕来绕去，布朗先生则紧紧地跟着这坏家伙。糟糕！基德好像突然从人间蒸发了，布朗先生扶着教堂前的巨大浮雕大口地喘着气。

教堂前面的广场中央，放着一队栩栩如生的骑士雕像，用来纪念古代一场战争中牺牲的守城英雄。忽然，布朗先生朝着一位骑士走过去，对一动不动的骑士露出一个微笑，并拿手铐铐住了骑士的脚踝，说：“基德先生，我终于抓到你了。”

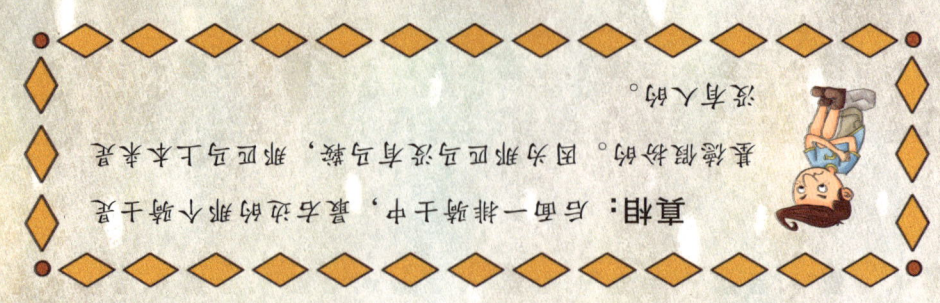

布朗先生发现了什么呢？

真相：后面一排骑士中，最右边的那个骑士是基德假扮的。因为那匹马没有马鞍，那匹马上本来是没有人的。

16. 伪造的遗书 

在伦敦的一家旅馆内，有位客人服毒自杀，布朗先生接到报案后前往现场调查。

被害人是一位中年绅士，从表面上来看，他因中毒而死。

“这个英国人三天前就住在这里，桌上还留有遗书。”旅馆负责人指着桌上的一封信说道。

布朗先生小心翼翼地拿起遗书，内文是用打字机打出来的，只有签名及日期是用笔写上的。

布朗先生凝视着信上的日期：3·15·13，然后像是得到答案似的说：“若死者是英国人，则这封遗书肯定是假的，我相信这是一宗谋杀案，凶手可能是美国人。”

他回头问艾文：“你知道为什么吗？”

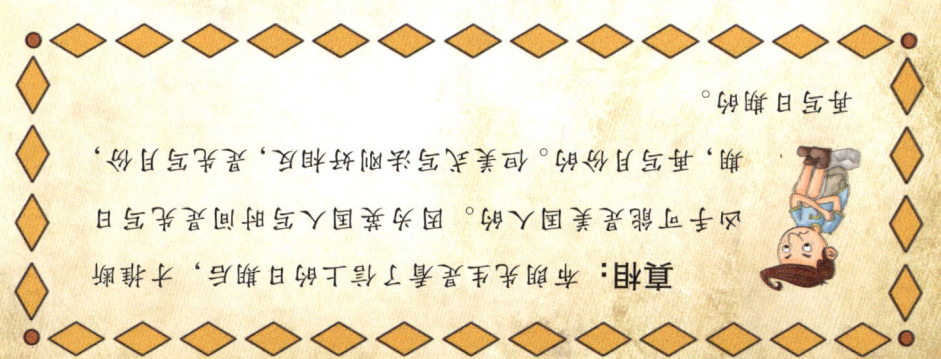

真相： 布朗先生是看了信上的日期后，才推断凶手可能是美国人的。因为英国人写时间是先写日期，再写月份的。但美式写法刚好相反，是先写月份，再写日期的。

3. 15. 13

17. 基德逃跑了

最近布朗先生很是春风得意，前几天他抓住了珠宝大盗基德，紧绷的神经终于可以放松一下了，所以他准备休假几天，艾文已经说了很多次想去郊外野炊，布朗先生想可以趁这个机会陪他去。一大早，布朗先生开着车，带着艾文、克莱尔和威狼，朝着目的地出发了。

今天的天气真好，他们铺好餐布，拿出准备好的食物，克莱尔吵着要照相，布朗先生转身回车上拿照相机。这时，他的电话响了。

布朗先生生气地放下电话，喊上艾文和克莱尔，快速上车，直奔警局。

“可恶，基德不见了！”他们来到警局，克勒姆警官说，“基德逃跑了，但是我们发现他藏在一家废弃的旅馆里，所以就没有立即告诉你。”布朗先生立刻安排警员二十四小时监控基德，但是狡猾的基德居然仅仅露了一面，就再也找不到了。警员紧张地向布朗先生报告说：“犯人跟丢了。”布朗先生仔细地观察了旅馆的每一间房后，肯定地说：“基德还在房间里。”

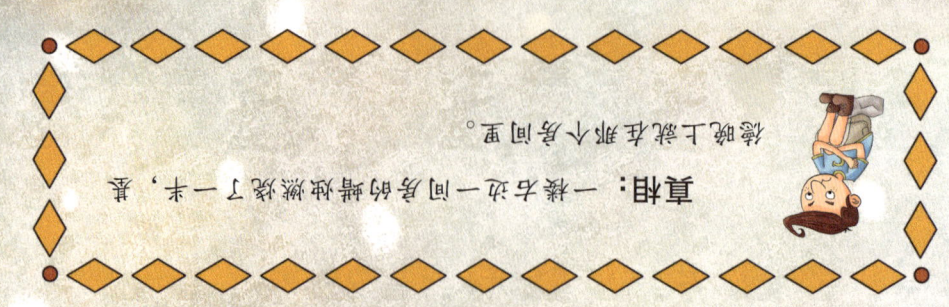

他是如何确定的呢？

真相：一楼右边一间房的蜡烛燃烧了一半，基德晚上就在那个房间里。

18. 大象牙齿清洁器

因为职业关系，布朗先生结识了很多稀奇古怪的朋友。肯迪就是其中的一个，他是一个小有名气的发明家，发明了很多令人匪夷所思的机器。因为肯迪长期伏案工作，布朗先生担心他的健康，因此布朗先生与肯迪约好，每周三一起做运动。

这天，布朗先生按照约定的时间来到肯迪家里，看见肯迪又发明了一个奇怪的机器。听说是在参观动物园的时候，肯迪发现动物们无法刷牙，于是发明了一种专门针对动物的牙齿清洁器。而最先使用机器的是大象，所以它被命名为大象牙齿清洁器。现在，这个机器却被人恶意破坏了！

布朗先生决定到肯迪的房间里看一看他说的已经被人破坏的新发明。他们边走边聊，肯迪看起来很生气，他已经有了怀疑的对象。

比斯特酒吧
营业时间14:00
—1:00
(周三休息)

“我很少出门，只是昨天下午出去了一会儿。”肯迪气愤地说，“一定是我的房东米勒趁我不在的时候干的，他总是说我工作时候的噪音太大，还威胁我加房租，否则就让我滚出去！”

此时，米勒正在这个楼层打扫卫生，布朗先生立即与他聊了起来。

米勒却说自己一直在勒比斯特酒吧喝闷酒，从下午二点一直待到第二天凌晨二点才回家睡觉。

布朗先生环视一周，对米勒说：“你在撒谎，极有可能是你破坏了肯迪的机器！”

为什么布朗先生说米勒撒谎呢？

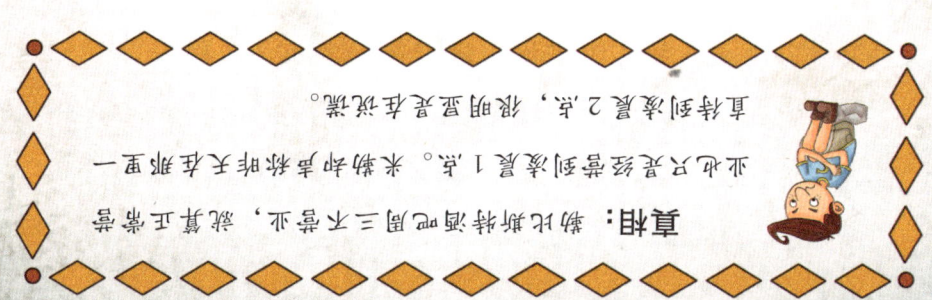

真相：勒比斯特酒吧周三不营业，就算正常营业也只是经营到凌晨1点。米勒却声称昨天在那里一直待到凌晨2点，很明显是在说谎。

19. 救命的指南针

克莱尔拿着一个指南针想邀艾文一起去森林探险，艾文说："我给你讲个故事，你能说出答案，我就陪你一起去。"

故事是这样的：

特工霍金成功窃取了贩毒集团的情报，在逃跑的时候，他不幸被毒贩射出的子弹击中左臂，一阵撕心裂肺的疼痛使他很难再迈开脚步。就这样，他被蜂拥而来的毒贩包围，只得束手就擒。

他被关在阴暗潮湿的地牢里，中弹的左臂疼痛难忍。难道他真的要死在这里吗？要知道，明天天亮的时候，贩毒集团的大头目就会回来，大头目屡次栽在霍金手里，这次他一定会杀了霍金，以报前仇。这时，看守地牢的小胡子男人说："霍金，我不能帮你逃走，但是你可以自己逃走。出去以后，往北八千米就有一个小镇，那里有警察局。"说完，他从窗外扔进来一把钢锯。

"为什么帮我？"霍金又惊又喜。

小胡子叹了一口气，说道："我本来是个安分的渔夫，被他们用枪指着头拉来贩毒。我故意拖拖拉拉，他们就让我来守地牢。算了，不多说了，你动作要快点，我三小时以后换班。"

小胡子走后，霍金对准地牢铁栏，飞快地锯起来，不一会儿，两根铁栏就被锯断了。他强忍剧痛，弯腰钻出铁栏，沿着地牢后门溜出了贩毒分子的营地。他捂着左臂踉踉跄跄地使劲狂奔，不知道跑了多久，才气喘吁吁地停下来。

此时他才发现自己进入了一片茂密的原始森林，正当中午，

这里却一丝阳光也看不见。那么，哪里才是北面呢，要是找不到北面，即使不被毒贩子追上，他也会饿死在森林里。

怎么办？霍金把浑身上下搜了好几遍，却找不到一样能够指示方位的东西。口袋里只有一根回形针，一个打火机，一块丝质手帕，这些东西根本帮不上忙。

突然，霍金看到一个小水池，他灵机一动，马上用手上的东西做了一个指南针，找到方向，逃出了森林。

霍金的指南针是怎样做成的呢？

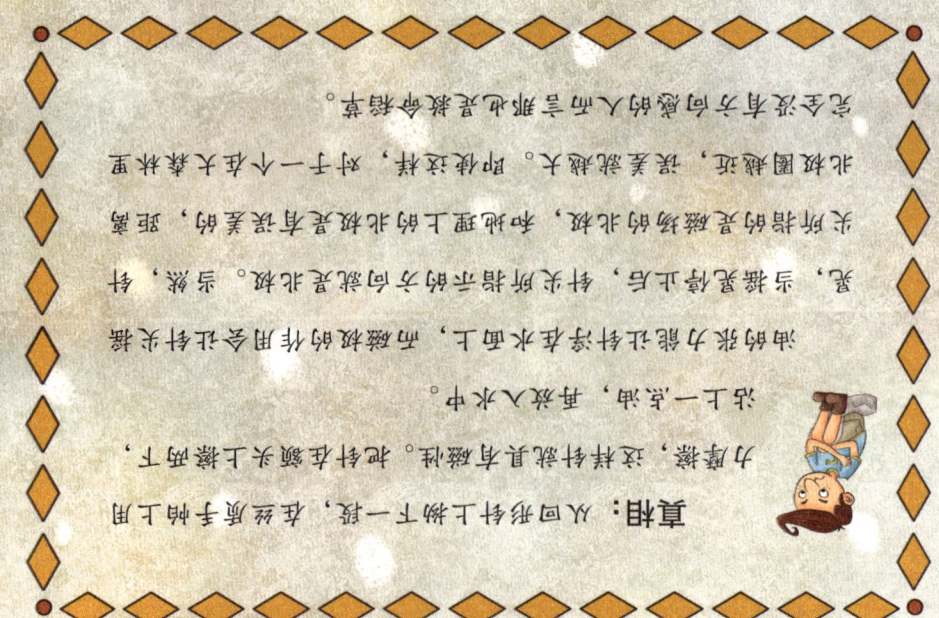

真相：从回形针上掰下一段，在丝质手帕上用力摩擦，这样针就具有磁性。把针在额头上擦两下，沾上一点油，再放入水中。油的张力能让针浮在水面上，而磁极的作用会让针尖摇晃，当摇晃停止后，针尖所指示的方向就是北极。当然，针尖所指的是磁场的北极，和地理上的北极是有误差的，距离北极圈越近，误差就越大。即使这样，对于一个在大森林里完全没有方向感的人而言那也是救命稻草。

20. 嘘！被害人来了

最近，布朗先生回家之后总是愁眉苦脸的，艾文一问才知道，爸爸遇到了一个棘手的案子。

这是一个刑事案件，被告被指控犯有谋杀罪，办案人员已掌握了重要证据，足以证明他杀人的事实成立，但是他的辩护律师说，被害人的尸体没有找到，无法认定所谓的被害人已经死亡，所以不能判定被告杀人。

布朗先生很着急，因为，明天就要开庭了，但是被害人的尸体还是没有找到。

艾文很好奇，想知道这个案子最终会怎么判，便问道："爸爸，明天我能去法庭吗？"

布朗先生说："可以啊！不过要保持安静，不能大声喧哗。"

第二天，艾文和克莱尔跟着布朗先生一起来到了法庭。

被告的辩护律师说："那个你们认为已经被杀死的人，将从这里走进来。"说着，他的目光转向了法庭的入口处。

所有人都大吃一惊，向法庭的入口望去，可是并没有人进来。

这时，辩护律师说："这只是我的一个假设，但是你们刚才的反应证明了一点，你们都不能完全肯定那个人已经死亡。因此，之前所有的指控都无法成立。"

艾文快速写了一张字条递给布朗先生，布朗先生将字条交给了原告律师。

这时，原告律师说了一句话，最终，被告杀人罪名成立，并得到了应有的惩罚，你知道原告律师说的是什么吗？

真相： 所有人都对被害人是否死亡还心存疑虑，因为大家并不是当事人，可是有一个人知道，那就是被告，当大家望向法庭的入口处的时候，他却没有。这说明：他早已知道被害人已经死了，根本就不会从入口处走进来。

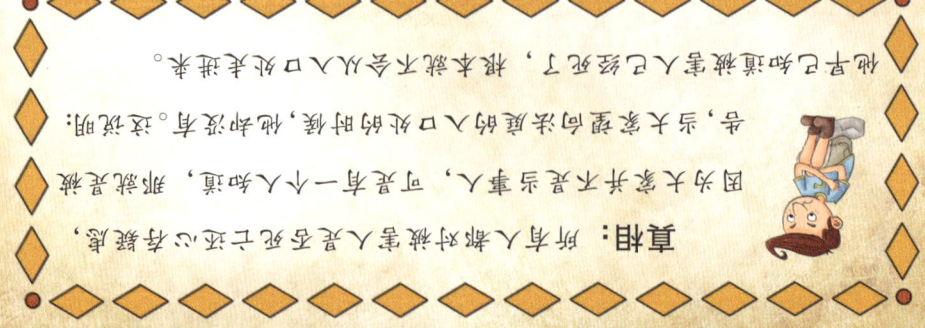

21. 大学生公寓谋杀案

寂静的夜晚，位于大学城的学生公寓楼里喧闹至极。

突然，一声枪响划破夜空，本已嘈杂的学生公寓变得更加混乱。很多学生循着枪声来到一间独栋别墅式公寓，在这座公寓二楼的一间卧室里，大学生哈里已经倒在血泊中。

一个学生马上打电话报了案，布朗先生带着艾文迅速赶到。

布朗先生经过调查，了解到这座公寓里共住着四个学生，除死者哈里，还有比尔、桑尼、格伦。布朗先生觉得这三个学生都有嫌疑，便把他们三人隔离开，分别对其讯问。

艾文看完三人的供词，很快就找到了凶手。你知道凶手是谁吗？

格伦说道："当时我正往厨房走，我想到厨房盛一杯冰激凌，那时，我听到后门那里有声音，就向外看了一眼，外面漆黑一片，我就又回到厨房取冰激凌，几分钟后听到了枪响。"
桑尼一瘸一拐地来到布朗先生面前说道："我把车停在屋后的一个胡同里，往后门走的时候，被地上的电缆线绊倒了。我坐在地上揉着脚，大约两分钟后，我听到枪声，就赶紧站了起来。"
比尔说道："我正在修车，我把一盏灯带到了屋后面的车库那里，插上电源，打开灯修车。就在这时，房间里传来了枪声，我赶忙跑进屋去。"

真相： 格伦听到后门的声音，证明桑尼的确在命案发生前回到了家，并且被电线绊倒了，这样，扯出插座的电线，就又证明了桑尼说的是实话。可是，既然桑尼摔倒，扯出了电线，正在修车的比尔就应该突然陷于黑暗之中，可比尔没有向布朗先生提到他的电灯忽然间熄灭，这是因为此时他正悄悄地上楼，杀死了哈里，他根本不知道电灯熄灭了。

22. 被盗的猫眼石

一个珠宝展览会将在伦敦的一家大型商城开幕，两颗分别重32克拉和41克拉的猫眼石是这次展会的压轴展品。与所有离奇的失窃案一眼，尽管安保严密，两颗稀世之宝仍然被盗了。

天还未亮，警察局便接到报案，布朗先生马上派出两名警探赶往一个半小时后就要发车的特快列车，而他自己则带着一名警探来到商城勘察现场。

几乎可以认定，这是一起预谋已久的盗窃案。原因如下：展厅的锁完好无损，盗贼从屋顶空降进入商场；橱窗的锁被人打开，但是警报器并没有正常工作——盗贼剪断了警报线。

布朗先生留下助手继续对现场作进一步勘察，自己则迅速来到了火车站。他和已经上车的两名警探取得联系，他们正分别从车头和车尾逐节车厢寻找着嫌疑犯。

布朗先生刚登上一节车厢，突然前面传来一阵骚动。透过10号车厢半敞开的门，布朗先生看到一名蜷缩在角落的中年男子。死者两眼突出，口边有一丝鲜血，是被毒死的。根据这节车厢的乘客描述，和乘客所说的那个“消失不见的皮箱”，布朗先生猜测死者就是偷盗宝石的罪犯之一。至于死因，可能是分赃过程中发生内讧，这人被同伙杀死，而宝石被另一名罪犯夺走。

布朗先生认为那名罪犯应该不会走太远，很可能还在列车上。这时，那两名警探也来到这节车厢，探长立即给他俩安排了任务。他又喊来乘警，表明了身份，向他小声交代了几句话。

不一会儿，列车上忽然响起广播：“各位乘客请注意！各位乘客请注意！10号车厢有一位乘客突发重病，生命垂危，如果您是医生，请速来抢救……”

很快，一拨人就向10号车厢涌来，其中一名穿着便衣的警探站在门口，突然喊道：“10号车厢的病人已经醒来了，可还需要救治，他说有人要谋杀他……”话还没有说完，同样便装混在人群中的布朗先生就已经抓住了一名男子。

“先生，跟我们到乘务室走一趟吧！”布朗先生说道。那人身体一颤，手中的皮箱砸在脚上，疼得大叫起来。

在乘警的帮助下，布朗先生审讯了这个人。果然是他偷走了那两颗猫眼石，而且就藏在那个皮箱里。昨晚，两人在盗窃成功之后，发生了争执，最终他狠心杀死了同伙，独吞了宝石。

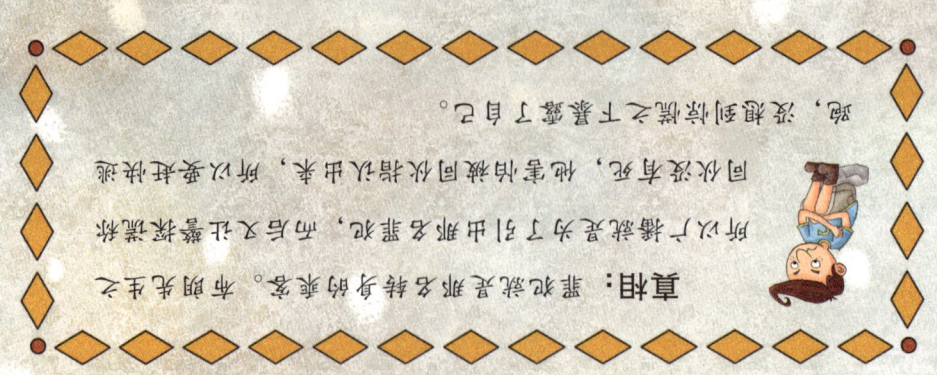

那么，罪犯是谁呢？为什么呢？

真相：罪犯就是那名转身的乘客。布朗先生之所以广播就是为了引出那名罪犯，而后又让警探谎称同伙没有死，他害怕被同伙指认出来，所以要赶快逃跑，没想到惊慌之下暴露了自己。

23. 即将退休的警察

布朗先生经常给艾文和克莱尔讲他的办案经历，这天下午，他给了两人两张照片。

布朗先生的好友警局盗窃侦察科科长将要退休了，但是，他碰到了一起连环盗窃案，三个星期内竟有六家药店被盗，而且盗贼作案手法老练，找不到一丝破案线索。再加上老警官的儿子成天跟他作对，他烦心不已。

局长很生气，甚至说如果再不破案就免了老警官的职。

这天下班，老警官请布朗先生来家里喝酒，过了一会儿，布朗先生的烟瘾上来了，说：“家里有烟吗？”

老警官说：“我不抽烟，我儿子喜欢，他只抽帝国牌的，一种几乎停产的香烟，你找找看还有没有？”

在布朗先生起身寻找香烟时，老警官似乎看到了什么东西，眼睛一亮，说道：“我要赶紧去一趟警察局。”随后拿起儿子用过的茶杯，送到警局做指纹鉴定。

很快，结果出来了，茶杯上的指纹与案发现场烟蒂上的指纹完全吻合！

布朗先生问：“你们知道老警官为什么会怀疑自己的儿子吗？从这两张照片里，你们能看出什么？”

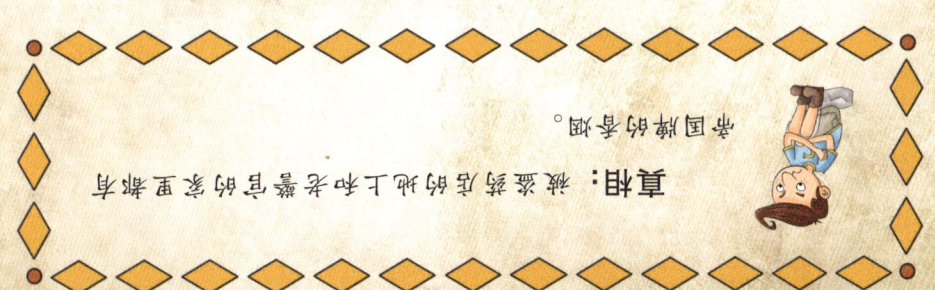

真相：被盗药店的地上和老警官的家里都有帝国牌的香烟。

24. 跳崖的失败者

艾文一家人正在著名的旅游风景区十海子度假，谁知道第二天，景区便被封锁了，所有的客人都不能随意走动。布朗先生凭着自己多年的职业经验判断，一定是有什么事情发生了。

果然，他们从前来送餐的服务生口中得知，景区悬崖下面发现了一具男尸。后来，关于死者的协查报告贴满了酒店的每一个角落，而报告上的照片清晰地呈现了死亡现场。只见那具男尸躺在悬崖下的碎石上，浑身血迹斑斑，身上穿着一件大衣，一只脚穿着鞋子，另一只脚赤裸着，一副眼镜架在死者的鼻梁上，旁边陡立的悬崖足有二十多米高。

闻讯赶来的死者亲属说死者最近做生意失败，但他是个坚强

的人，而且又不是第一次失败，他是不会选择自杀来逃避现实的。他们坚决不认同警方所谓的“死者是自杀”的说法。

布朗先生勘查了现场，也觉得不像是自杀，但是他一时半会儿还拿不出确凿的证据。于是，他仔细地观察尸体及其周围的环境。突然，他大叫一声：“这不是自杀案，是谋杀案！尸体是被人搬运过来放在这里的，凶手想伪装成死者是自杀的假象！”

围观的人们议论纷纷，都怔怔地望着他。究竟布朗先生发现了什么，令他如此肯定地认为这并非是一宗自杀案呢？

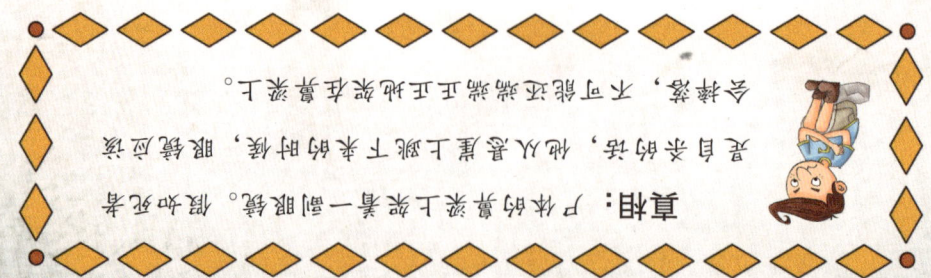

真相：尸体的鼻梁上架着一副眼镜。假如死者是自杀的话，他从悬崖上跳下来的时候，眼镜应该会掉落，不可能还端端正正地架在鼻梁上。

25. 谁是偷表贼

布朗先生好不容易休假了，终于可以陪着布朗太太，带着艾文一起逛街了，这是布朗先生享受生活的好时机。

斯特百货大厦新进了一批金表，因提前做了促销宣传，所以到柜台买金表的人络绎不绝。大家都想一睹为快，许多人往柜台前挤。营业员一看情形不妙，急忙说：“大家不要向前挤，注意安全。”

但已经挤起来的人群，怎么还能听进去这话？人越聚越多，场面很快面临失控的危险。

“啪”的一声，柜台被挤得晃动了，一些不安分的人动手了。

甲说：“我看见手表是乙偷的。”
乙说：“不是我！手表是丙偷的。”
丙说：“乙在撒谎，他要陷害我。”
丁说：“手表是谁偷的我不知道，反正我没有偷。”

这时，一名营业员发现柜台里的金表丢了一块，便喊了起来：“有人偷了金表！”

大厅的保卫人员听到喊声，马上过来维持秩序，并抓了四个嫌疑人，同时对这四个嫌疑人录了口供。

为了尽快破案，布朗先生只好亮出了自己的身份。他先是询问了营业员，营业员给他提供的线索是：“金表丢失了一块，所以这四个人中有一人是小偷。”

布朗先生看了四个嫌疑人的口供后，马上就找到了线索，使案情真相大白。

原来，小偷确实在他们四个人之中，并且只有一个人说的是真话，其余三个人的供词都是假话。

亲爱的读者，你知道布朗先生是如何推理的吗？

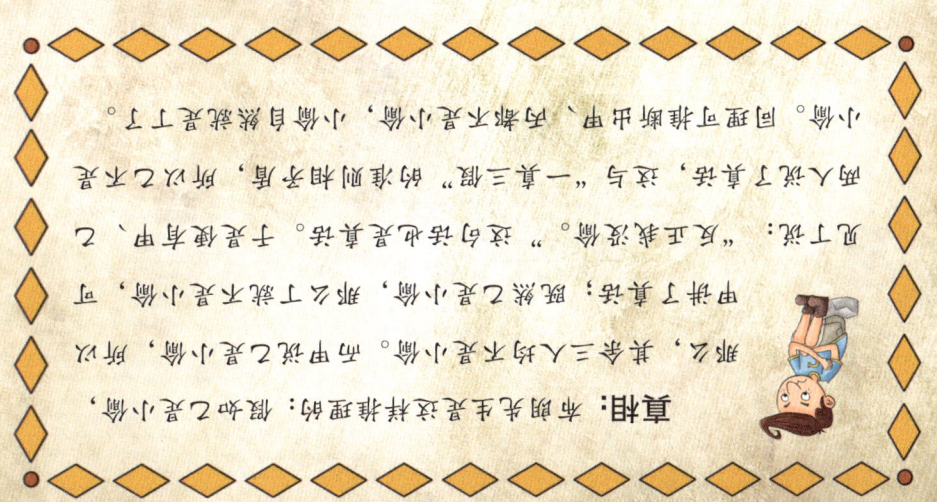

真相：布朗先生是这样推理的：假如乙是小偷，那么，其余三人均不是小偷。而甲说乙是小偷，所以甲讲了真话；既然乙是小偷，那么丁就不是小偷，可见丁说：“反正我没偷。”这句话也是真话。于是便有甲、乙两人说了真话，这与“一真三假”的准则相矛盾，所以乙不是小偷。同理可推断出甲、丙都不是小偷，小偷自然就是丁了。

26. 伯明翰旅行团 

艾文已经有一个星期没有看到爸爸了，他以为爸爸一定又遇上了什么错综复杂的案件。可是，这一次艾文猜错了。布朗先生受朋友诺斯警官委托，帮忙抓捕一个长期倒卖钻石的嫌疑犯。今天早上收到可靠情报，说这个长期倒卖钻石的罪犯要离开伦敦，到伯明翰去。

旅 行
大客车
停车场
RO
Pour Ma
ROM
PARH

狡猾的嫌疑犯伪装成游客，混进了一个去伯明翰的旅行团。布朗先生乔装一番也加入了这个旅行团，为了表现得逼真，布朗先生也跟大家一样带上了旅行箱。他每时每刻都密切关注着周围的游客，在大家都上车后，他发现行李箱有了变化，进而找出了开溜的嫌疑犯。

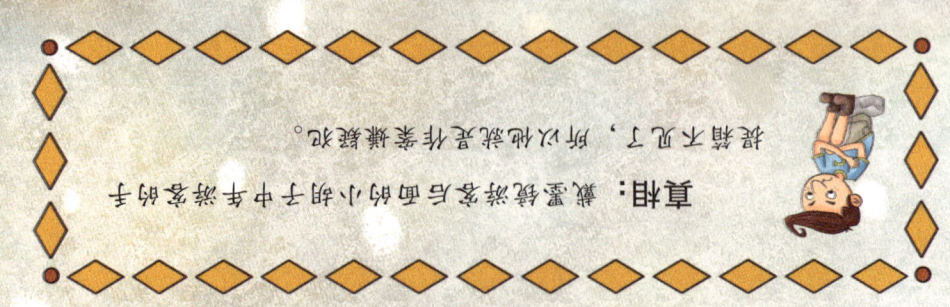

你知道谁是嫌疑犯吗？

真相：戴墨镜游客后面的小胡子中年游客的手提箱不见了，所以他就是作案嫌疑犯。

27. 偷钻石的“专家”

一天，日本的一个富翁在东京城外的别墅举行宴会，别墅里绿树成荫，充满鸟语花香。客人们一边谈天说地，一边品尝着美味佳肴，大家都觉得非常愉快。在日本办事的布朗先生在应邀之列。

宴会进行到一半时，发生了一件煞风景的事情。一位女宾客在去洗手间时，把钻石戒指放在洗手间外靠窗的桌子上，等出来时，钻石戒指不翼而飞了。

洗手间在三楼，门又是从里面锁上的。期间，没人去过那里。别墅中的仆人都忠实可靠，何况，失窃之前也没有一个仆人上过楼。窗子外面也没有梯子，难道小偷是从天上飞下来的？

大富翁大发脾气，这事让他又一次颜面扫地。因为在他的别墅里，已经第三次发生这样的事了，他忍无可忍，非要查个水落石出不可。

这时，布朗先生说，自己愿意免费效劳。听那位女宾客讲了事情的经过，又请富翁仔细讲解一下前两次案件的事发经过，听罢，布朗先生胸有成竹地说：“先生，您先别报警，这件事让我来试试吧！”

布朗先生在别墅四周转了转。忽然，他眼睛一亮，停在一棵大树前面，对大富翁说：“先生，我想我知道钻石可能藏在哪里了。”

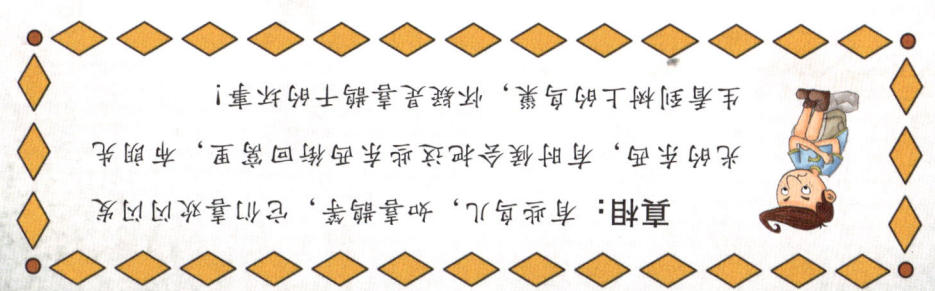

布朗先生发现了什么？

真相： 有些鸟儿，如喜鹊等，它们喜欢闪闪发光的东西，有时候会把这些东西衔回窝里，布朗先生看到树上的鸟巢，怀疑是喜鹊干的坏事！

28. 火车经过之时

这天天气很好，布朗先生一家和克莱尔到乡下度假。临近中午的时候，布朗夫妻开始忙着准备野炊，艾文和克莱尔则带着威狼慢慢踱步，越走越远。他们来到镇上的一家工厂门口，这里围了很多人，看起来很热闹，两人决定过去看一看发生了什么事。

原来，这家工厂发生了盗窃案，放在财务办公室保险箱里的十万元现金不翼而飞了。值班的保安正在对工厂的负责人说："小偷一定是后半夜作的案，因为晚上十二点钟的时候，我曾经到这个房间巡视过，当时门窗都还是好好的。"

艾文看了看，问那个保安：“你确定吗？”

保安点点头：“当然，我还顺手拉上了窗帘呢。”

克莱尔指了指地上的玻璃碴：“可是小偷砸玻璃要用很大的力气，难道你没有听见声音？”

“没有。”保安摇了摇头说，“厂房边上有条铁路，可能小偷是趁火车经过时把窗户砸破的。火车一来，什么都听不见了。”

艾文冲着保安说：“不要狡辩了，你就是小偷！”

你知道艾文是如何做出判断的吗？

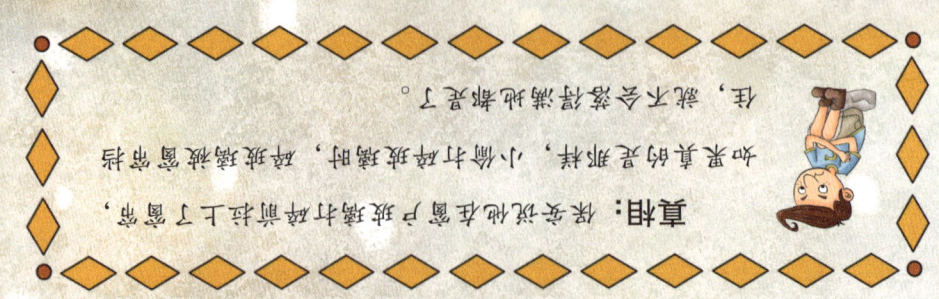

真相：保安说他在窗户玻璃打碎前拉上了窗帘，如果真的是那样，小偷打碎玻璃时，碎玻璃被窗帘挡住，就不会落得满地都是了。

29. 鸵鸟之死

为庆祝建园五十周年，伦敦市动物园特地举行了盛大的庆典，除了鲜花、彩车、巡游外，动物园还特地从非洲订购了一批珍稀动物，免费向公众巡展一星期。这么好的机会，艾文和克莱尔怎么会错过？他们在布朗先生的带领下，兴致勃勃地前来观赏动物。

这次从非洲运来的动物中，不仅有鸵鸟、大象、狮子这些大家都熟悉的动物，还有白犀牛、山地大猩猩等难得一见的稀有品种。每天赶来参观的游客络绎不绝，动物园里出现了前所未有的热闹场面。

今天是最后一天免费开放的日子，当动物园的大铁门打开后，排在最前面的孩子们便欢快地叫起来，一窝蜂地朝前冲去。

忽然，人群中传来孩子们惊恐的尖叫声。大人们连忙跑上去一看，也吓了一大跳，只见两只新运来的鸵鸟倒在血泊之中。更恐怖的是，凶手残忍地剖开了鸵鸟的肚子。

警察很快赶到了现场，经过仔细侦查，他们在一个不起眼的地方发现了被锯断的铁栏，地上还散落着麻醉枪的弹壳。犯罪分子显然早有准备，他锯断栏杆，用麻醉枪制伏鸵鸟，然后迅速离开，没有留下任何痕迹。

一个年轻的探员一边察看现场，一边忍不住咒骂："该死的凶手！为什么用这样凶残的手段来对付两只鸵鸟？"

布朗先生在旁边点头说道："不错，你说到了点子上，为什么？"

年轻探员愣了一下："不知道。也许凶手是心理变态吧？"

布朗先生摇头说道："显然不是，凶手的目的并不是杀死鸵鸟，因为他使用了很专业的麻醉枪，他的目的是剖开鸵鸟的肚子！"

年轻探员有点糊涂了："可是他为什么要这么做呢？你的意思是，这是一桩悬案？"

布朗先生笑笑说："不，凶手已经找到了，这极有可能是一桩走私案。"

布朗先生为什么说这是一桩走私案呢？

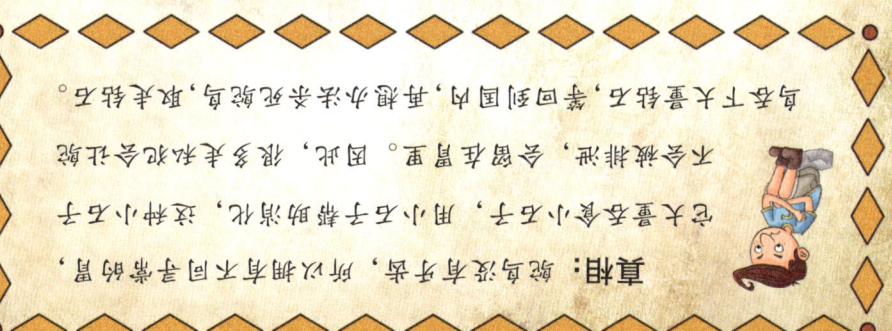

真相：鸵鸟没有牙齿，所以拥有不同寻常的胃，它大量吞食小石子，用小石子帮助消化，这种小石子不会被排泄，会留在胃里。因此，很多走私犯会让鸵鸟吞下大量钻石，等回到国内，再想办法杀死鸵鸟，取走钻石。

30. 寻找毒品

圣马丁警官是K国缉毒部门的负责人，从一年前上任到现在，已经有数十名毒贩被他抓捕归案，他的名字让那些毒贩闻风丧胆，在K国边境地带，公开的贩毒活动已经完全消失。作为圣马丁警官多年的至交好友——布朗先生前来协助他工作是义不容辞的事情。

许多毒贩只好潜逃到和K国接壤的L国境内，他们把整个基地搬到了警备松懈的L国边境，然后每天派小股人马外出兜售，最后到L国境内成交。

他们了解到圣马丁的缉毒分队只能对本国境内的犯罪活动进行打击，不能越界抓捕罪犯，便和圣马丁玩起了“猫和老鼠”的游戏。每当圣马丁出动警员准备抓捕的时候，他们就立刻逃到L国，缉毒队员只能干瞪眼。

经过长时间策划，圣马丁率领自己的部下制订了一个代号叫作“袋鼠”的秘密行动。他们决定趁着夜色，快速赶到毒贩在L国的藏身地点，一举把所有毒贩都缉拿归案，然后把所有的毒品都带回销毁。当然，这次行动必须干净利落，否则惊动了L国的话，将引起外交上的麻烦。

这天夜晚，圣马丁和缉毒队员悄悄潜入L国境内，缉毒队员在不到一分钟的时间里，一举控制了所有在窝点的毒贩，没有一条漏网之鱼。

但是，他们在查缴毒品的时候遇上了麻烦。毒贩们把毒品藏进木头里，在七根木头中，只有一根是挖空藏有毒品的。

要是没找到毒品的话，就没办法给毒贩定罪，毒贩非常清楚这一点，他们死活不肯说出哪一根木头中藏有毒品。

布朗先生提醒圣马丁，装有毒品的木头一定比普通木头轻，6 根普通木头都是一样重的，可以在现场用一块钢板和一个水泥墩做成简易天平，逐个检验，从七根木头里挑出藏有毒品的一根。

这是个不错的办法，可这时他们要尽快离开 L 国，没时间一根一根地测量。在紧要关头，布朗先生用最简单的方法完成了七根木头的比较，找出了藏有毒品的那根木头，顺利完成了任务。

聪明的读者，你知道布朗先生是怎样找出藏有毒品的木头的吗？

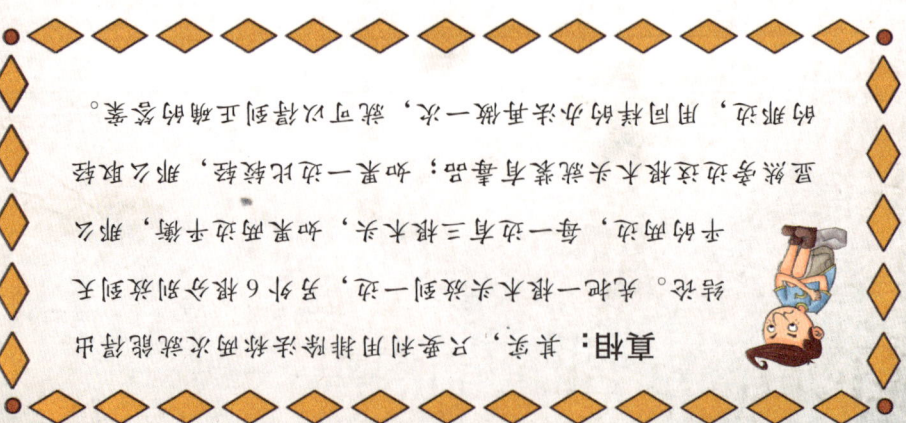

真相： 其实，只要利用排除法称两次就能得出结论。先把一根木头放到一边，另外 6 根分别放到天平的两边，每一边有三根木头，如果两边平衡，那么显然旁边这根木头就装有毒品；如果一边比较轻，那么取轻的那边，用同样的办法再做一次，就可以得到正确的答案。

31. 马路中央的救护车

这天，布朗先生刚来到警察局，准备查找一些资料，忽然报警电话响起：“中心银行闯进来三个蒙面劫匪，抢走了几十万现金，然后开车逃走了。”警铃瞬间拉响，警察用最快的速度，跳上了警车，向中心银行驶去。布朗先生也跟着去了。

一路上，行人和车辆听到警笛声，纷纷避让。眼看就要到达目的地了，却听到前方也传来警笛声，不过那是一辆救护车发出的。

救护车停在路中央，旁边围了很多人。布朗先生跳下警车一打听，原来刚才有个男子横穿马路的时候，被卡车撞得头破血流。正好这辆救护车路过，人们就把救护车拦下来，想把伤员送到医院去。可是救护车上跳下来一个医生，说他们要赶着去救另外一个患者，不肯救这个男子，他们在马路中央大打出手。

银行

布朗先生马上对医生说："救死扶伤是你们的天职，救谁都是救，再耽搁下去，这个伤者就要没命了。赶快把伤员送到医院！"医生没有办法，招招手，救护车上又跳下来一个医生，他们把伤员抬上担架，推进了救护车，关上车门，把车开走了。

警车继续前进，布朗先生却还在牵挂那个伤员，因为在救护车车门关上的一刹那，他看见伤员的头朝外，脑袋上还在流着血，救护车能不能及时赶到医院呢？伤员能不能被抢救过来呢？

忽然，布朗先生大叫一声："我们上当了！"他马上命令司机掉转车头，追赶那辆救护车。

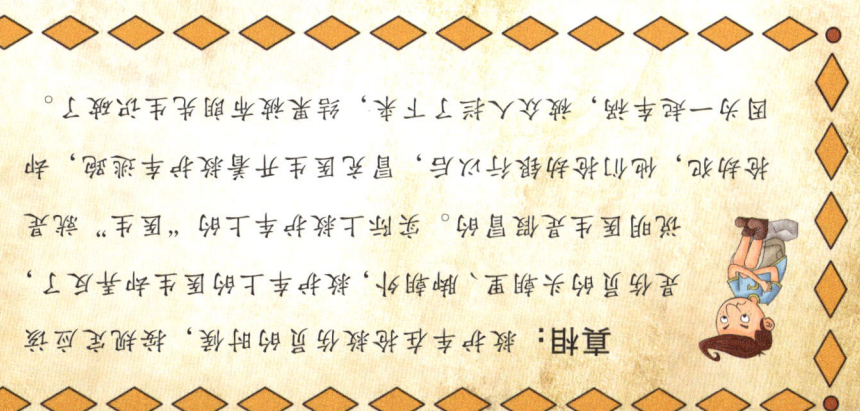

布朗先生发现了什么？

真相：救护车在抢救伤员的时候，按规定应该是伤员的头朝里、脚朝外，救护车上的医生却弄反了，说明医生是假冒的。实际上救护车上的"医生"就是抢劫犯，他们抢劫银行以后，冒充医生开着救护车逃跑，却因为一起车祸，被众人拦了下来，结果被布朗先生识破了。

32. 伯顿夫人

在一个寒风凛冽的冬夜，布朗先生睡得正熟，突然电话响了，是艾丽斯·伯顿的电话，她的丈夫被杀了，她请布朗先生立即赶过去。

布朗先生放下电话，随手拿起一支钢笔，并在一个小记事本上，清楚地记下了伯顿夫人的地址。然后他穿好衣服，走出了公寓的大楼，钻进自己的那台奔驰车里。大约四十分钟后，他赶到了伯顿夫人家里。

伯顿夫人急得团团转，布朗先生的车一到，她就开门迎了出来。

“你怎么才来，我都快急死了！”伯顿夫人一边说话，一边搓着手，满脸不悦之色。

屋子里非常暖和，布朗先生跺掉了鞋子上的积雪，摘下身上戴着的围巾、帽子和手套，脱去了厚厚的呢子外套，然后揉了揉冻得有些发酸的鼻子，开始打量起站在自己面前的这个女人。

伯顿夫人面色红润，身上穿着条纹睡衣，脚上穿着一双厚底拖鞋，金色的头发散乱地披在肩上。

伯顿夫人说：“我丈夫被人杀了，尸体在楼上。”

布朗问道：“怎么回事儿？”

“我和他刚看完电视，都快到十二点了才去睡觉。也不知道是什么时候，我忽然惊醒，就发现我的丈夫已经被人杀害，真是太可怕了！”

布朗先生不解地追问：“您发现丈夫被害是在什么时候？”

伯顿夫人摇了摇头说：“我不记得了。”

“可我记得，您打电话的时间是在三点半左右，现在的时间是四点一刻。”布朗先生顿了一下，继续问道，“那后来呢？后来这四十五分钟里您干了些什么？”

“我打完电话后，回到房间，发现家里的那扇窗户被人撬开了，凶手准是从那儿进来的。”伯顿夫人说完，用手指了指那扇敞开的窗户。

布朗先生看了窗户一眼，猛地转过身来，对伯顿夫人冷笑着说道：“夫人，在警察到来之前，我想还是请您自己把事情的真相说出来吧！”

伯顿夫人本想抵赖，但看见布朗先生不容质疑的神情，顿时，额头上冒出大颗大颗的汗珠，她不得不供出了她杀害丈夫，并伪造现场的事实。

布朗先生根据什么判断伯顿夫人在说谎呢？

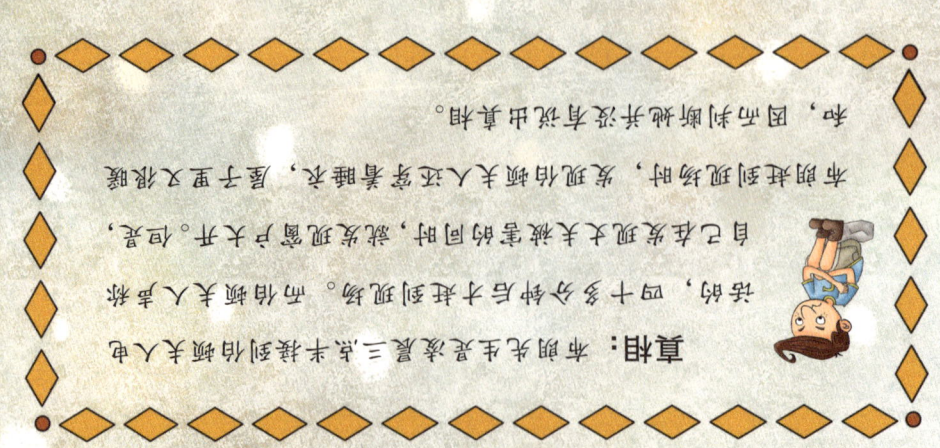

真相：布朗先生是凌晨三点半接到伯顿夫人电话的，四十多分钟后才赶到现场。而伯顿夫人声称自己在发现丈夫被害的同时，就发现窗户大开。但是，布朗赶到现场时，发现伯顿夫人还穿着睡衣，屋子里又很暖和，因而判断她并没有说出真相。

33. 古老的壁画

艾文已经好几天没见到爸爸了，听说爸爸在忙一件很棘手的案子。

考古医学家维尔教授已经失踪好几天了，有知情人称，教授跟着一个黑皮肤的青年去一个山村里考察什么东西去了。

维尔教授的助手回忆到：

一天早上，有个黑皮肤青年找到维尔教授，神秘地说：“昨天傍晚，我的一只羊走丢了，我就在山上到处寻找，忽然发现一个山洞。我走了进去，借着一点日光，看到洞壁上有很多画，可是看不清楚，洞里阴森森的，可怕极了，我就跑了出来。听说您是研究古代壁画的专家，我可以带您去。”维尔教授立马就答应了。他生怕别人知道以后破坏现场，就谁也没有告诉，跟着青年出发了。

几天过去了，维尔教授没有一点儿音讯，黑皮肤青年却来到考古研究所，拿出一张照片说：“我在一个山洞里，发现了最古老的壁画，可以卖给你们。”维尔教授的助手接过照片，只见照片上是一面山洞的石壁，上面画着古代原始人的生活场景：几只小鸟停在大树上，大树下面是飞奔的小鹿，有一群矮小的野人，正在追赶一只庞大的恐龙，还有太阳、月亮和星星。助手问：“这张照片是从哪里来的？”青年说：“是一个考古学家拍的，他还说，这是最古老的壁画，很值钱。”

维尔教授的助手悄悄找到布朗先生求助：“我们这里有一个骗子，他还可能谋杀了教授！”

布朗先生马上对黑皮肤青年进行审问，结果表明，正是黑皮肤青年杀害了教授，青年还想用假照片来骗钱。

助手为什么会发现黑皮肤青年是个骗子呢？

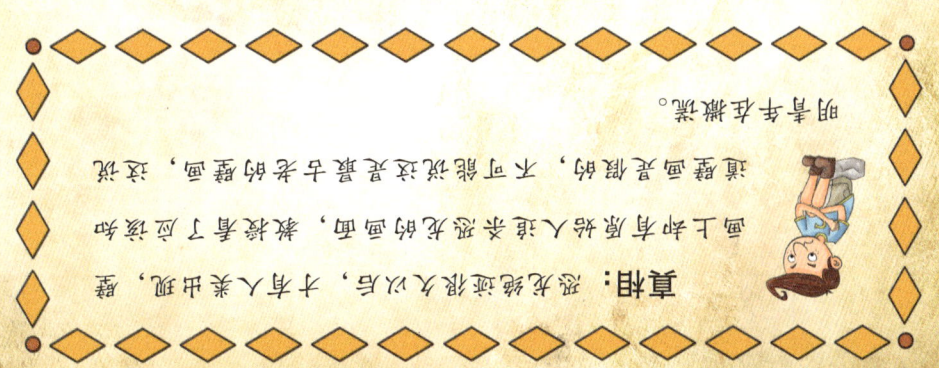

真相：恐龙绝迹很久以后，才有人类出现，壁画上却有原始人追杀恐龙的画面，教授看了应该知道壁画是假的，不可能说这是最古老的壁画，这说明青年在撒谎。

34. 人名杀人事件 

艾文跟着妈妈来到附近最大的一个花卉市场，因为妈妈养的一盆郁金香好像生病了，长了很多小小的白点，但是她一直找不到原因，就想来市场上看看能不能找到挽救的方法。

等到他们走出市场大门的时候，发现街上十分吵闹，还有人高声喊着：“报警，快报警，救护车，叫救护车来！”艾文好奇发生了什么事，就拉着妈妈沿街往那边走去。

有一个男人报警说有人跳楼自杀了，警察赶到现场的时候，发现一名青年死在了一幢二十层高的大楼旁边，经过初步检查，警察认为死者是从这幢楼的楼顶坠地而死，是自杀还是他杀，似乎所有的证据都指向了后者。

这名死者的手心上的字母，像是在暗示杀人凶手的名字，却因时间有限而只写了一个字母。笔就落在他手边的地上，而且只有他的指纹。看来的确是坠楼的瞬间掏出笔写在手心上的。

在反复查看了电梯的监控录像之后，警察找到了案发当时也在楼顶的五名嫌疑人，他们都与死者认识，但是他们谁都不承认自己是凶手。他们分别叫：杰森（Jeson）、汤姆（Tom）、杰克（Jack）、瑞恩（Ryan）、托尼（Tony）。

你知道杀人凶手是谁吗？为什么是他呢？

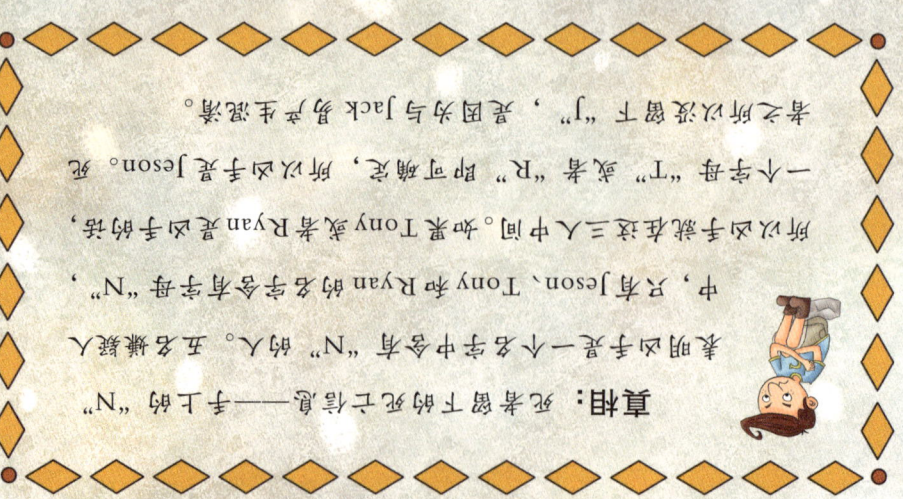

真相：死者留下的死亡信息——手上的“N”表明凶手是一个名字中含有“N”的人。五名嫌疑人中，只有Jeson、Tony和Ryan的名字含有字母“N”，所以凶手就在这三人中间。如果Tony或者Ryan是凶手的话，一个字母“T”或者“R”即可确定，所以凶手是Jeson。死者之所以没留下“J”，是因为与Jack易产生混淆。

35. 清晰的指纹

克莱尔非常喜欢露丝的作品，这位作家不仅文采极好，还能为精彩的文字配上美丽的插图。她的书确实大受欢迎，连续五个月排在畅销书榜第一位。可是因为出版商用很低廉的价格买下了版权，她只有眼睁睁地看着自己的书热卖，大把大把的钱流入别人的口袋。

没想到，这位克莱尔最喜欢的作家居然被牵扯进一桩命案：版权代理人玛莉小姐两天前在公寓被害，凶残的凶手对准她连开了十枪，玛莉当场死亡。根据调查，事发当晚和玛莉接触过的人只有露丝、印刷厂负责人卡罗，以及玛莉的前夫路易斯，警方把他们都请到警察局协助调查。这个案子后来由布朗先生接手，克莱尔一直非常关注这件事情的进展。

最先被审问的是露丝，她听到发生这样的惨剧，吓得哭了起来。情绪稳定后她告诉布朗先生，当天晚上八点左右她去过玛莉那里，两人讨论了重新签订版税合同的事情，玛莉还倒了一杯冰镇的松仁露给她喝，大约五分钟后她就离开了。

卡罗则挥动着有力的手，显得很激动，强调自己是无辜的。他当晚八点左右去过玛莉家里，准备向玛莉讨回欠印刷厂的费用，可是玛莉只礼貌性地给他倒了杯冰镇苏打水，对于还钱的事情只字未提。他一怒之下就骂骂咧咧地离开了，他还说楼下看门的老头儿能证明这一点。

露 丝

卡 罗

路易斯

路易斯虽然因为财产问题与玛莉离婚了，可是离婚后他们还是好朋友，听到玛莉被害的消息，路易斯悲痛欲绝，他回忆说，那天晚上玛莉的情绪很不好，他喝了杯白水，安慰她几句就离开了，想不到竟然发生了这样的悲剧，说到这里，路易斯难过地痛哭起来。

布朗先生看着眼前三个都可能是凶手的人，无法做出判断。一方面他们都没有足够的杀人动机，另一方面现场没有留下任何线索，就连子弹壳凶手都不忘收走，使用过的玻璃杯上，都只有玛莉一个人的指纹，其中一个指纹虽然非常清晰，可对案件并没有多大帮助。这是一个相当厉害的凶手，反侦察能力相当强。

布朗先生沉思了一会儿，自言自语道："案发那天晚上，我记得很热，大概有三十七摄氏度，是吗？杯子上被害人的指纹那么清晰……"他笑了，原来是这样，凶手就在他们之间。

布朗先生是怎么找到罪犯的呢？

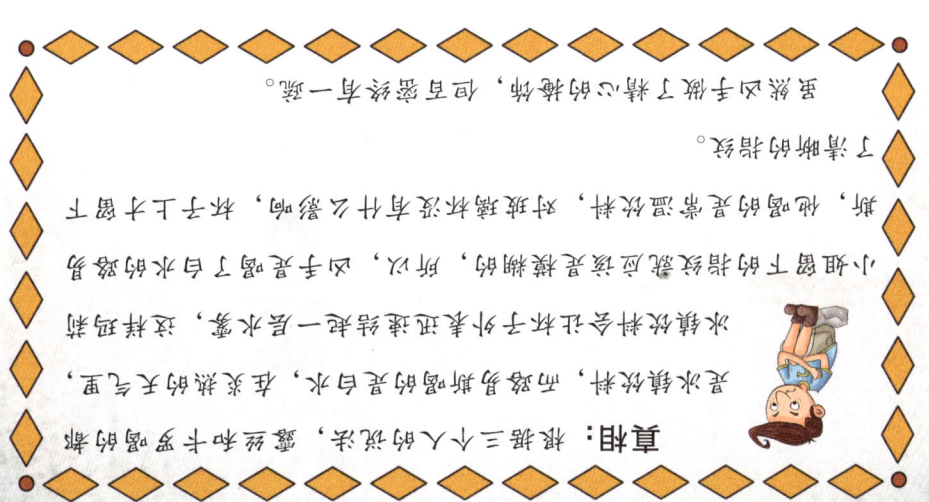

真相：根据三个人的说法，露丝和卡罗喝的都是冰镇饮料，而路易斯喝的是白水，在炎热的天气里，冰镇饮料会让杯子外表迅速结起一层水雾，这样玛莉小姐留下的指纹就应该是模糊的，所以，凶手是喝了白水的路易斯，他喝的是常温饮料，对玻璃杯没有什么影响，杯子上才留下了清晰的指纹。

虽然凶手做了精心的掩饰，但百密终有一疏。

36. 撒哈拉沙漠的尸体

艾文给喜欢动物的克莱尔出了一道侦探题：

非洲撒哈拉大沙漠是世界上非常著名的沙漠探险地。为了能够征服它，无数勇士前赴后继地来到这里，进行挑战极限的活动。

一天，负责救助的当地黑人警察布鲁姆和他的助手正在沙漠腹地开车巡视。突然，他看见沙漠中躺着两个人，布鲁姆急忙停下车，来到两人个跟前：两个人都早已死亡，每个人的背上都挨了数刀。

布鲁姆立即戴上白手套开始检查尸体，从两个人的兜里，布鲁姆发现了这两具尸体的身份：两个人都是美国人，住在纽约，是美国一家沙漠探险俱乐部的会员。

事情非同小可，布鲁姆让助手继续勘查现场，他则亲自将这两具尸体的资料传到了总部。总部马上通过国际电报，通报给了美国纽约警察局。

这起案件引起纽约警察局的高度重视，他们马上成立了专案组，由汉斯担任组长。

经过仔细调查，汉斯认为死者之一的麦劳斯先生的侄子约翰有重大嫌疑。汉斯一行驱车来到了约翰的住所，约翰很友好地接待了汉斯。他把汉斯让进屋里，然后问道："尊敬的汉斯先生，

你找我有什么事吗？”

“是的，找你核实一件事。你叔叔麦劳斯先生最近去了哪里？”

“他去非洲了，又去探险了。”约翰回答道。

“我怎么听说你也去了非洲，是陪你叔叔一同去的？”汉斯问道。

“不，我没有去非洲。本来我打算去的，可是，就在我要陪叔叔去非洲的时候，我的几个喜欢旅游的朋友硬要我陪他们一同去南美洲，我只好放弃了非洲，而去了南美洲。”

说到这儿，约翰从柜子里拿出了一些照片，继续说道：“你看，这是我在南美洲拍的照片！”

“够了。亲爱的约翰先生，你这是欲盖弥彰，我看你叔叔的死就与你有关。”接着，汉斯直接逮捕了约翰。

讲到这里，艾文认真地问克莱尔：“汉斯为什么那么肯定约翰就是凶手呢？”

真相：亚洲有大象，非洲有大象，而南美洲却没有野生大象。

37. 皮特的谎言

布朗先生和艾文到约克郡游玩，回来时搭乘火车。现在火车正在行驶中，忽然，前面的车厢出现了一阵混乱。布朗先生拉着艾文，挤开人群才明白，原来这是一节邮件车厢，一箱托运的黄金饰品被人抢了。值班员皮特正不知所措地站在一边。

布朗先生表明身份后，让皮特叙述了当时的情景。皮特说：“上午，我们组长送来一个邮包，说里面有贵重物品，让我重点看管。火车开了一段时间，我听见有人敲门，先是两下轻的，然后是三下重的。我以为是列车员，便将门打开，结果闯进来两个人，他们都戴着面具，蒙住了半边脸。他们将我打倒后，每人抽了一支烟，还说这次终于发财了。”

布朗先生仔细地观察了一周，说：“皮特先生，不要再撒谎了，是你藏起了那些黄金饰品，现在赶快交出来吧！”

布朗先生是怎么知道皮特撒谎了？

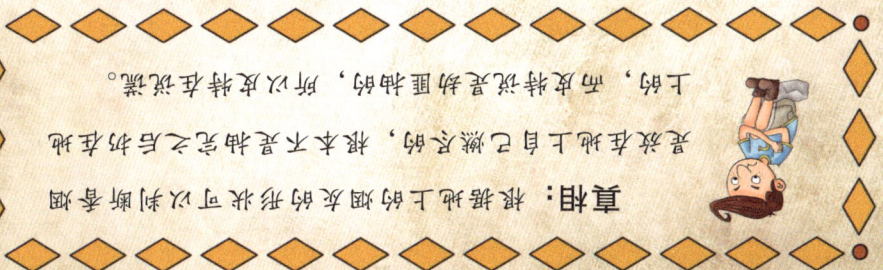

真相：根据地上的烟灰的形状可以判断香烟是放在地上自己燃尽的，根本不是抽完之后扔在地上的，而皮特说是劫匪抽的，所以皮特在说谎。

38. 哭泣的小丑

星期天早晨，伍斯特大教堂传出来一阵《基督复生歌》，这里即将举行一场盛大的唱诗比赛。现在，来自各个教堂的唱诗班正在彩排。

布朗先生正在追踪臭名昭著的弗兰基。弗兰基作案时会戴着一个哭泣的小丑面具，手段狡猾残忍，所以被称为“哭泣的小丑”。布朗先生已经穷追不舍地追赶了他半个月了，今天终于见到他的真面目了，原来他的嘴很大，还戴着两个耳环。这些弗兰基都不知道，他还以为没有人能认出他。

布朗先生气喘吁吁地来到伍斯特大教堂门前，真糟糕！弗兰基不见了。这时，教堂里突然响起了亨德尔的《哈利路亚》，来自赫里福德郡的唱诗班正在台上演唱。布朗先生脑中突然闪过一个想法：弗兰基一定躲在教堂里！

他快步走进教堂，教堂里现在并没有观众，很快他就发现弗兰基藏在了哪里！你找到弗兰基了吗？

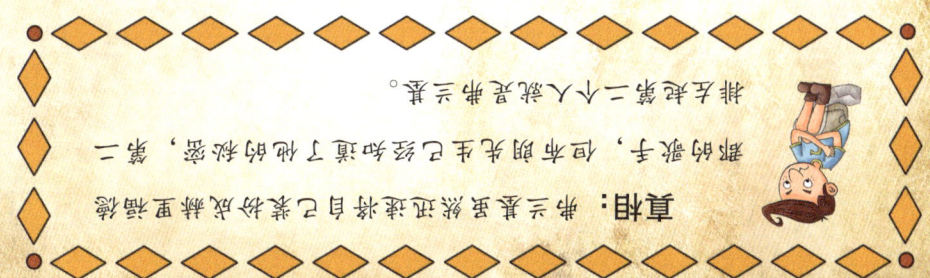

真相：弗兰基果然迅速将自己装扮成赫里福德郡的歌手，但布朗先生已经知道了他的秘密，第一排左起第二个人就是弗兰基。

39. 蓝宝石的秘密

清晨，布朗先生收到一封匿名信，打开后发现里面放着一张奇怪的小纸片。邮差弗雷德说：“今天早上，有一个冷冰冰的家伙经过邮局，把这封信交给了我。他说，布朗先生一定会对这感兴趣的，信中写的是失踪的‘蓝宝石’的藏匿地点。我刚要问他的名字，他就走掉了。”

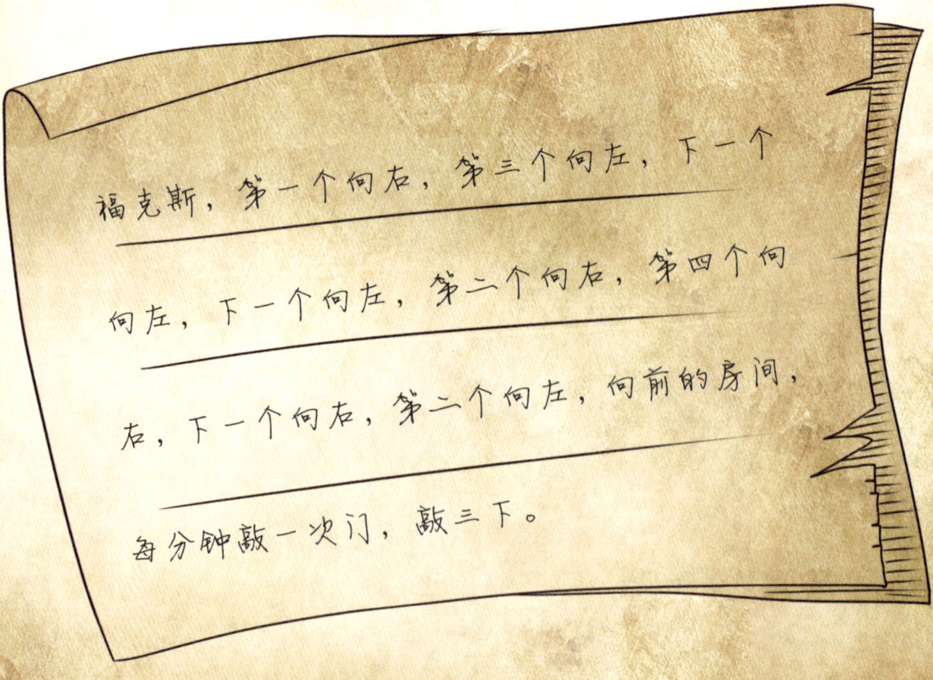
福克斯，第一个向右，第三个向左，下一个
向左，下一个向左，第二个向右，第四个向
右，下一个向右，第二个向左，向前的房间，
每分钟敲一次门，敲三下。

布朗先生正在追查一宗“蓝宝石”失窃案，案件目前还没有线索，这封信真是雪中送炭啊！他花了一点时间才弄明白纸片上说的内容，随后从艾文的房间里取出了一张福克斯迷宫的地图。艾文看着地图，吃惊地说：“原来是这样！”

“终于有线索了，无论信息是真是假，一定和‘蓝宝石’案件有关！”布朗先生大笑起来，拿起外套，带着艾文和威狼向福克斯迷宫出发了。

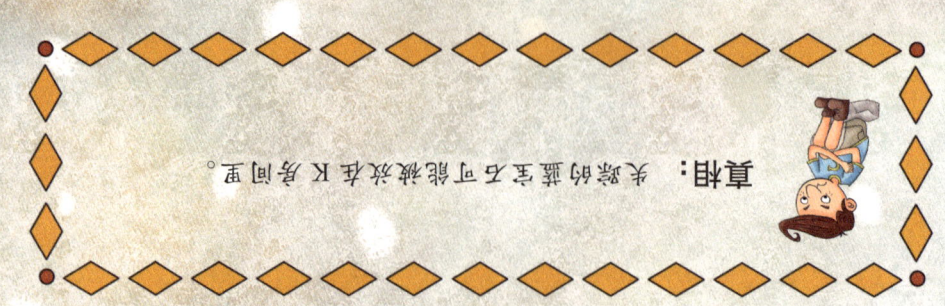

蓝宝石可能被藏在哪里呢？

真相：失踪的蓝宝石可能被放在K房间里。

40. 绿色小鸟

早上，克莱尔和艾文一起去上学。他们在路上正走着，突然看见一只绿色的小鸟落在眼前。克莱尔对艾文打了个手势，悄悄地靠了过去，可是还没等克莱尔靠近，它就飞走了。艾文见克莱尔有点沮丧，说：“我给你讲个故事吧。”

马克、卡里和文森特三个人是伦敦的一家颇负盛名的制造公司的合伙人。上个月，他们一同前往斯潘达姆小镇，在卡里的别墅度假。

一天下午，马克带着卡里（卡里是一个不会游泳的钓鱼爱好者）乘坐小船在海上钓鱼，而文森特这个动物爱好者留在了别墅。没过多久，马克就载着溺水的卡里回来了。他说卡里在小船上探出身子钓鱼，因为风浪太大，一不小心掉进了海里，等被救到船上时，卡里已经昏死过去了。但是文森特说，他坐在别墅后院乘凉，发现一只稀有的绿色小鸟从面前飞过，他便兴致勃勃地追赶着这只小鸟来到门外，仔细地观察它在高大的树上筑巢。突然，他听到一阵厮打声，便看到马克和卡里在小船上扭打起来了，马

克用力地把卡里的头按入水中。

检查报告证明卡里的确是因为溺水而昏迷不醒的。但在法庭上，马克的辩解与文森特的证词互相矛盾。法官去海边找到当地的名侦探圣马丁，请他来帮助解开疑团。圣马丁说：“法官先生，文森特的证词是假的。”

“圣马丁如何断定文森特的证词是假的？”艾文看着兴致很高的克莱尔问。

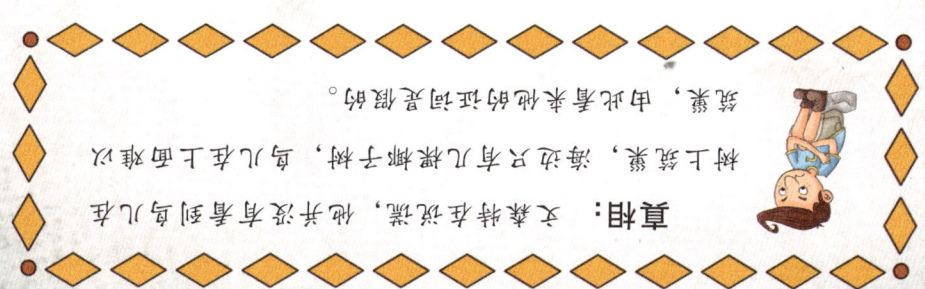

真相：文森特在说谎，他并没有看到鸟儿在树上筑巢，海边只有几棵椰子树，鸟儿在上面难以筑巢，由此看来他的证词是假的。

41. 狼藉的书房

布朗先生和艾文在中午十二点赶到斯科特庄园时，男爵的管家还余惊未定。管家说，就在十五分钟之前，男爵狩猎回来之后来到这里，发现整个书房一片狼藉。男爵正在书房等着他们，脸上余怒未消——显然最喜爱的书房被破坏，他十分生气。他怒气冲冲地说：“布朗先生，贪婪的小偷不仅偷走了我珍贵的瓷器，更可恶的是他们还毁坏了我最心爱的书房！”

布朗先生仔细地勘查了这里。管家说：“两个家伙趁男爵打猎时偷偷地潜入这里，翻箱倒柜地把所有的东西都翻查了一遍。当我进来的时候，他们正把座钟摔在地上，随后还手忙脚乱地把最值钱的珍贵瓷器包起来，拿着他们逃之夭夭了。整个过程一共持续了约五分钟。”

“案件发生的具体时间是几点？”布朗先生问管家。

“正好是在十点十分的时候，每天这个时候我都会给男爵煮咖啡。”管家回答。

“太有趣了。”布朗先生微笑着说，“我想，现在你最好把那些珍贵的瓷器交出来。这根本就是你自己布置的现场，你伪造了一起入室抢劫案。”

是什么让布朗先生产生了怀疑？

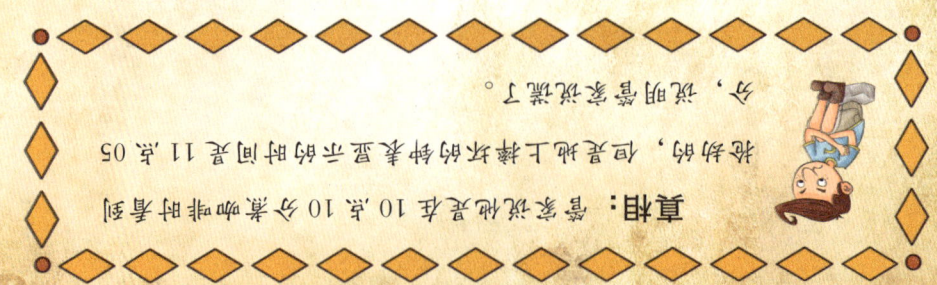

真相：管家说他是在 10 点 10 分煮咖啡时看到抢劫的，但是地上摔坏的钟表显示的时间是 11 点 05 分，说明管家说谎了。

42. 巧克力的秘密

这是一个平均气温超过三十四摄氏度的炎热夏天，艾文和布朗夫妇度完假期后，坐火车回家。火车里因为有制冷设备，并不是很热。

因为外出度假，艾文已经很久没有和克莱尔等小伙伴在一起

玩耍了，还真有点想念呢。艾文想着，轻轻笑了起来。

中午一点左右，火车终于到站了，艾文和布朗夫妇一下火车，空气中的热浪便迎面扑来，他们急忙向月台走去。

突然，艾文竟然看到了克莱尔的身影，惊喜地叫道：“克莱尔！你是听说我今天要回来，特意来接我的吗？”

克莱尔听了，生气地回答：“谁特意来接你啊？我是从姨妈家度假回来，刚下火车啊。”

艾文听了，也不在意，高高兴兴地和克莱尔一起往外走去。这时，克莱尔从包里掏出一块巧克力，递给艾文：“你还没吃午饭吧？来块巧克力吧。”

艾文接过巧克力，看了看，突然他想到了什么，笑得更开心了。很明显克莱尔刚才撒了谎，她确实是特意来接艾文的，只不过是不想让他太得意罢了。

艾文虽然已经看穿了她的小谎言，不过他是不会说破的，这是他们之间的小秘密。

聪明的读者，你知道艾文是怎样识破克莱尔的吗？

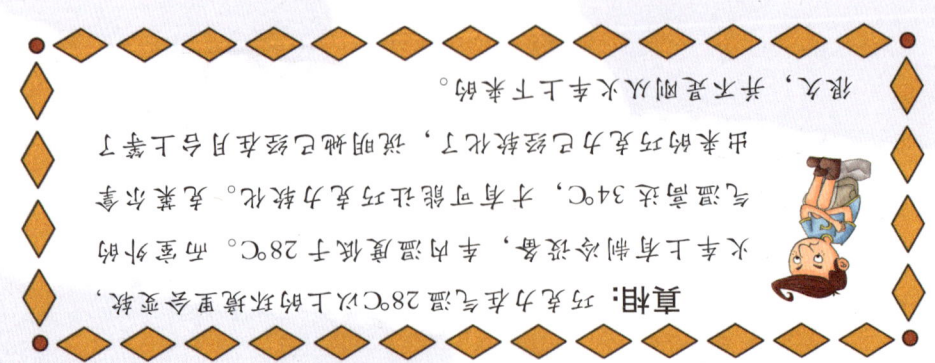

真相：巧克力在气温28℃以上的环境里会变软，火车上有制冷设备，车内温度低于28℃。而室外的气温高达34℃，才有可能让巧克力软化。克莱尔拿出来的巧克力已经软化了，说明她已经在月台上等了很久，并不是刚从火车上下来的。